狼神的礼物

海小枪枪 著

浙江文艺出版社
Zhejiang Literature & Art Publishing House

图书在版编目(CIP)数据

狼神的礼物 / 海小枪枪著. —杭州：浙江文艺出版社，2022.1
（花冠村的秘密）
ISBN 978-7-5339-6605-8

Ⅰ.①狼… Ⅱ.①海… Ⅲ.①中篇小说—中国—当代 Ⅳ.①I247.5

中国版本图书馆CIP数据核字(2021)第159624号

策划统筹	王晓乐	责任印制	吴春娟
	邱建国	装帧设计	吕翡翠
责任编辑	岳海菁	插画绘制	秦　婷
责任校对	许红梅	营销编辑	周　鑫

狼神的礼物

海小枪枪　著

出版发行	浙江文艺出版社
地　　址	杭州市体育场路347号
邮　　编	310006
电　　话	0571-85176953（总编办）
	0571-85152727（市场部）
制　　版	杭州天一图文制作有限公司
印　　刷	杭州丰源印刷有限公司
开　　本	880毫米×1230毫米　1/32
字　　数	83千字
印　　张	6
版　　次	2022年1月第1版
印　　次	2022年1月第1次印刷
书　　号	ISBN 978-7-5339-6605-8
定　　价	35.00元

版权所有　侵权必究
（如有印装质量问题，影响阅读，请与市场部联系调换）

人物简介

李杏儿

十二岁。倔强、精灵的小女孩。敢作敢为,有丰富的想象力。短头发,男孩打扮。跟小狗南瓜是欢喜冤家,高兴、伤心都会跟南瓜分享。

楝树儿

十岁。腼腆、胆小、羞涩的小男孩。李杏儿的忠实跟班。跟着李杏儿认识了很多精灵古怪的朋友,渐渐勇敢了起来。

猎神爷

七十多岁。沉默、坚毅。误以为孙子金枝儿被白眼狼叼走,因此对狼充满仇恨,离村独居,脾气古怪。

李辣椒

三十多岁。胆小、贪婪，为得到狼皮壮胆上山捕狼，致使白眼狼的拯救行动受阻。经众人教训，找回了内心的善念。

白眼狼

外表冷酷而内心正义的狼神，有着百年修炼功力，拯救了人鹿和小鹿，颠覆了人们对狼阴险凶残的认知。

人鹿

人脸鹿身的怪物，是猎神爷的孙子金枝儿的化身，无邪、单纯。

小鹿

刚出生就被充满仇怨的母鹿怨灵所控制的小梅花鹿，天性的善良与怨灵的邪恶，让它既矛盾又痛苦。

白眼狼回来了　001

人鹿出现了　026

悬岩上的秘密　043

禁止吃鹿　059

白眼狼封王　077

猎神爷要报仇　120

迷雾中的真相　135

安息的鹿灵　154

白眼狼回来了

这一年,花冠村的日子过得像山间的溪流,不疾不徐,缓慢而安静地流淌着。油茶花开了一茬又一茬,油茶香飘了一季又一季。花冠村的老人们头发白了许多,大人们皱纹多了几道,孩子们往上蹿了一蹿。

国庆小长假到了,在青木瓜镇读书的李杏儿又回到了花冠村。临走前,杏儿妈妈再三叮嘱她:回村要老老实实,不许再招惹那些精精怪怪,好好读书练字,要是期末考试取得好成绩,就奖励她一套她期待已久的《花冠村的秘密》。

李杏儿一蹦三尺高,这书她可想读了!听说书里描

写的那些神秘的精精怪怪跟她遇到的很相似,难道真有这么一个神奇世界吗?不过她更惦记花冠村,妈妈送她和南瓜上了去村里的山区公交车,刚跳上车,她的心就飘向了郁郁葱葱的大山。

回到花冠村的李杏儿,带着南瓜跟楝树儿钻进林子,爬树、采野花、摘野果、挖山笋、追逐小动物……就像离开林子太久的鸟,离开河流太久的鱼,一头扎进去后再也舍不得出来,直到天色渐渐暗下来,村里的母亲们喊孩子们下山,她和楝树儿才恋恋不舍地跟着其他孩子一块儿出来。

南瓜比他们还贪玩,赖在林子里,他们喊了十七八遍才钻出来,浑身脏兮兮的,嘴巴吧唧吧唧鼓鼓的,不知在吃什么好吃的。

虽然青木瓜镇街上有很多好吃好玩的,李杏儿也认识了好多朋友,可她总有在别人家做客的感觉。别人家再好,也不如自家有趣。回到大山,回到出生成长的地方,就像吹着夏天的凉风,抱着冬天的棉被,别提多亲

狼神的礼物

切舒服了。

李杏儿和楝树儿在山上痛痛快快疯玩了两天。

第三天,她蹦蹦跳跳到九公公家,站在门外喊楝树儿。喊了一遍没人应,再喊一遍还是没回应。倒是九公公的呼噜声,还跟以往一样轰隆响。奇怪,以前她喊一声,楝树儿就哧溜一下像泥鳅似的钻出来。难道还在赖床?刚这么想着,楝树儿就出现在了她的面前。

李杏儿拉他,楝树儿不动。她一细看,楝树儿皱巴着脸,快要哭了。李杏儿问他怎么了。楝树儿说:"我家的鸡被偷走了。"

李杏儿大惊小怪地叫起来:"什么什么,你家的鸡被偷走了?谁这么大胆偷你家的鸡?黄鼠狼吗?"

楝树儿说:"不晓得。"

李杏儿说:"准是黄鼠狼,它最爱偷鸡了。黄鼠狼给鸡拜年,不安好心。黄鼠狼拄拐杖,装个人样。"

棟树儿说:"对,准是黄鼠狼,黄鼠狼站在鸡笼顶上,不偷鸡来也偷鸡。黄鼠狼——"

两个人正叨叨着黄鼠狼的坏话,有四五个村里人朝棟树儿家走来,老远就大声嚷嚷:"九公公,九公公,出大事了!"

他们走到门口,朝屋里喊:"九公公,我家三只鸡被偷了!""我家四只鸭被偷了!""我家两只山羊被偷了!"

棟树儿说:"我家也是,被偷走了一只母鸡、一只小鸡呢,这可怎么办啊?"

又有十来个人急匆匆赶来,大呼小叫,说他们家的鸡鸭兔羊也都被偷了。

一户两户丢了家禽不稀奇,说不定是它们自个儿走丢的。这么多户的家禽同时没了,就成了怪事,大事。这么多年来,花冠村从来没有丢过这么多的家禽,就算黄鼠狼成群结队下山来偷也不会这么厉害。

到底是啥玩意儿把花冠村搞得这么鸡犬不宁?

狼神的礼物

可大家再焦急也得等九公公醒来再拿主意。于是大家等在门口，七嘴八舌地猜测这桩离奇古怪的事：谁家的鸡是第一个被偷的，到底是黄鼠狼还是狼干的坏事，抓到了这个干坏事的妖孽该如何狠狠地惩戒……

九公公没睡多久就醒了，楝树儿赶紧把这桩大事告诉了他，还说自家也没了一只母鸡、一只小鸡。九公公皱着眉头，一声不吭。大家互相看看，心里急得火烧火燎，也不敢多催一句。

九公公让楝树儿扶着，走到自家屋后的鸡笼门口。他背着手，朝掉满了鸡毛的地面瞅了瞅，说出去看看。

大家前呼后拥，陪着九公公出门去干架似的。李杏儿紧紧跟在后头，怕一不留神错过了惊天动地的大事。

九公公到这家瞅两眼，到那家嗅嗅气味，走了两三家，摇摇头，长长叹了口气，一脸沮丧地捋着长长的银白色胡须，抖抖索索扯下一根。

九公公对他的胡须可宝贝着呢，总是小心地清洗，再用小梳子细细地梳，末了，抹上茶油。只有遇到很麻

烦很头疼的事，他才会扯胡须。一百年来，九公公也就扯了两三根胡须。这可把大家伙儿吓着了。

十二公公小心翼翼地问："九公公，咱们花冠村是不是又摊上了坏事？"

九公公说："十二，你没看出来点儿什么吗？"

十二公公涨红着脸，结结巴巴地说："九公公，到底是啥事啊？"

九公公指向前方，大家顺着他指的方向看去。那是莽莽的花冠山区，重重叠叠的林海。除了山还是山，除了森林还是森林，除了远方还是远方。

九公公轻声说："白眼狼终于还是来了。"

人群中一片静寂，好像一个浪头扑来突然盖住了之前嘈杂的声浪。片刻，声浪轰然倒塌，无数细碎的言语涌过来涌过去。

"天哪，真是白眼狼，白眼狼又来了。"

"我早知道是白眼狼，看这脚印，错不了。"

"该死的白眼狼，这可怎么办啊？"

"九公公,快给我们想想办法吧……"

李杏儿从人群缝里挤进去,挤到九公公面前问:"九公公,我们该怎么办?"

这大人们还没开口,小孩子倒抢先了,这不是显得大人太无能了嘛!

村里的第二把猎手李辣椒把李杏儿拨开,说:"大人说话,小孩子凑啥热闹?去去去,边上玩去!"

李杏儿一瞪眼:"你说啥?"

李辣椒的身子忽然矮了一截,对她讨好地笑:"小姑,跟你闹着玩呢。"按辈分,李杏儿比李辣椒大一辈,他还得叫她小姑呢。

九公公点点头:"杏儿,树儿,还真是要找你们。"

两个小孩子嗖地蹿到他面前。

九公公说:"去东山头。"

李杏儿点点头,拉着楝树儿就要跑,九公公又喊住她,问她知不知道要怎么说。

李杏儿脆生生地回:"告诉猎神爷,他每天擦枪,

现在是用枪的时候了。"

九公公挑了挑眉头,一脸赞许:"整个花冠村,你是顶顶聪明的孩子了。"

大人们面面相觑:找猎神爷?这年头还有谁有这个肥胆找猎神爷?

李辣椒抠着鼻孔不以为然:"哼,八成是热面孔贴冷屁股。"

东山头在花冠村的最东面。这里原本无人居住,长着一片野生油茶,油茶花开,油茶果落,都没人采摘,所以一年到头都散发着酸甜古怪的气味。

五年前,住在花冠村的猎神爷忽然从村里搬出来,拿一把斧子,没日没夜地把野生油茶都砍了,然后搭了一间木屋住下来。

他性情本来就孤僻,住在这里后,更加孤僻了,跟村里人都不来往。陪在他身边的是一只凶猛的猎狗,叫虎豹。虎豹也从不跟村里的狗来往。有时候,南瓜贪玩跑到这里，想跟虎豹打个招呼，虎豹只要一瞪眼，一竖眉，发出惊天动地的咆哮声，南瓜立马吓得屁滚尿流。

村里有的小伙伴说，猎神爷打了五十年猎，有的说打了六十年，有的说打了一百零八年，总之没一个确切说法。不过大家一致认同，猎神爷是整个花冠山区最厉害的猎人，他打出去的子弹百发百中，没有一颗虚发，就算打偏了，也能打中一只偷鸡摸狗的黄鼠狼。他的枪法太厉害了，所以人们都绕着他走，一是猎神爷不喜欢花冠村的人，二是花冠村的人也怕被他的子弹打中。

李杏儿和楝树儿走了三里崎岖的山路，就到了猎神爷的木屋门口。李杏儿挡住楝树儿，让他先别往前走，先听听动静。

两个人躲在一棵老榆树后面，探出小脑袋往前看。

猎神爷正坐在木屋前的竹椅上擦枪。他一手抱着枪管，一手拿着一块黑乎乎的抹布，飞快地擦。枪管在阳光下闪着乌黑锃亮的光，可他还在飞快地不停地擦，好像要把枪擦成金子一样闪亮才罢休。

狼神的礼物

虎豹的名字听起来很凶猛，它的样子比名字还要凶猛，长得像虎像豹又像狼，蹲在地上，脖子缓慢地转动，朝四周警惕地观察，眼珠比枪管还要锃亮，不时龇一龇雪白的尖牙，吐一吐血红的舌头，好像四周埋伏着敌人，它随时准备着扑过去撕咬一样。

楝树儿不由哆嗦了下。李杏儿问他抖什么，楝树儿说有点儿凉了。李杏儿抬头看了看天上白花花的大太阳，说，别怕，有我呢。

李杏儿正琢磨着怎么跟猎神爷打招呼，是问他上午好呢，还是问他吃过了没有呢，还是问他最近身体好不好呢……没等她琢磨出个头绪，身后便蹿出一道影子，朝前扑去。

南瓜不知什么时候跟上来了，还不知天高地厚抢先跟人家打招呼了。

南瓜跑到虎豹跟前，把一根肉骨头放在它脚下，低声下气地汪汪两声，说，虎豹，好久不见了，你好吗？

李杏儿心里的小算盘一下子被南瓜打乱了，赶紧跑

上前去。

虎豹瞪着铜铃大的眼珠子,沉默地朝前迈了一步。南瓜细声细气地叫了两声,朝后退了一步。虎豹再朝前迈了一步,南瓜更细声地叫了两声,退后两步。突然,虎豹龇出雪白的牙,露出血红的舌头,大吼一声,南瓜掉头就跑,一头撞倒在李杏儿的脚边。

李杏儿羞得无地自容。这南瓜还配叫狗吗,简直就是兔崽子!要是现在有人说南瓜是她的狗,她准会一口否认,说不认识它。

猎神爷停下擦枪的手,看着他们。

李杏儿结结巴巴地说:"猎,猎神爷,您,您好吗?"

楝树儿也跟着她说,声音更小,像在说悄悄话。

猎神爷吼道:"把舌头捋直了,说人话!"

李杏儿深吸了一口气镇定下来,眨眼间口齿伶俐了:"猎神爷,您最近可好?身子骨可硬朗?我和楝树儿来看看您。"

楝树儿说:"对对,我和杏儿姐姐来看看您。"

李杏儿递上一个瓦罐:"爷,这是我家的茶油,可香了,送给您。"

楝树儿递上一个布袋子:"爷,这是我摘的野果子,可甜了,送给您。"

猎神爷看都没看一眼,继续擦枪管。枪管已经这么亮这么干净了,他为什么还要不停地擦?要是擦细了可怎么办?李杏儿这么想。

猎神爷冷哼一声:"有事快说,没事快走。"

要换了一般人,准会被猎神爷的冷脸给呛跑了。可整个花冠村都知道他就是这脾气,比山里的岩石还要冷硬。他的孙子金枝儿被狼叼走后,他对谁都没了好声气,看谁都不顺眼,好像所有人都是狼的帮凶。

金枝儿是李杏儿和楝树儿的好朋友,他失踪后,李杏儿和楝树儿哭了好几天。就算这样,猎神爷还是不拿正眼看他们。李杏儿没计较,她觉得猎神爷很可怜。

李杏儿说:"猎神爷,白眼狼来了,白眼狼抓走了

村里好多好多鸡鸭兔羊。猎神爷，咱们为金枝儿报仇的机会来了。"

棟树儿说："猎神爷，抓住白眼狼，狠狠打它！"

李杏儿说："猎神爷，您每天擦枪，现在是用枪的时候了。我们老师说，'养兵千日，用兵一时'，要不然您天天擦枪干吗啊？"

猎神爷的脸黑黝黝的，像涂了一层茶油，黑亮里又隐隐发红。他的嘴唇哆哆嗦嗦，好像有一大堆话要说。李杏儿觉得，猎神爷的样子看上去像一个被点燃的咻咻作响、即将爆炸的爆竹。

炸雷般的声音忽然在他们耳边炸响："好，太好了！最好整个花冠村都被狼吃掉！滚！快滚！"

李杏儿瞪直眼珠子看着挥着猎枪又吼又叫的猎神爷，觉得他下一步就要用枪对准他们了。虎豹也蹿到他们面前，喉咙深处发出低沉可怕的呼呼声。

棟树儿小声地说："杏儿姐姐，拉我一把，我动不了了。"

狼神的礼物

李杏儿拉了他一把，楝树儿才能动胳膊动腿了，他说："走吧，我们走吧。"

李杏儿不甘心地说："猎神爷，我们没骗您，白眼狼真的来了——"

猎神爷吼道："滚！我讨厌看到你们！讨厌花冠村的每一个人！每一只狗！"

虎豹扑向南瓜，南瓜连滚带爬往山下逃去。

在猎神爷拉响枪栓的那一瞬间，楝树儿赶紧拉着李杏儿，跟着南瓜拼命逃。李杏儿迷迷糊糊跟着他们跑，跑了一段路，身后传来一声爆裂的枪响。

楝树儿捂着胸口大叫一声："死了死了！我被打死了！杏儿姐姐救救我——"

南瓜吓趴在地，身体抽搐着，它觉得是自己被打中了。

李杏儿扶起楝树儿，抱起南瓜，听见身后的树林发出呼啦啦的响动，扭头一看，一群鸟从林子里飞出，惊慌失措地飞向远处。

花冠村的秘密

棟树儿身上没伤，南瓜也没掉一根狗毛，他们哆嗦了一会儿，啥事都没有。原来，猎神爷朝天开了一枪，吓跑了一群鸟。天上飘飘悠悠掉下一片东西。

李杏儿和棟树儿盯着那东西看。

棟树儿说："猎神爷是不是打下了一只鸟？"

李杏儿说："我觉得他打下了一片白云。"

他们看清了那东西，是羽毛。不知是哪只鸟运气不好，被猎神爷的子弹擦落了一根羽毛。羽毛无声无息飘落到树林深处，林子又恢复了原有的平静。

棟树儿说："杏儿姐姐，猎神爷以前不是这样的，他以前跟我说话和声和气的，还给我吃东西，可好了！"

李杏儿看了会儿远天近山，看鸟群又慢慢地飞回林子，叹了口气说："一切都在变，小树变成大树，小孩儿变成大人，大人变成老人，和声和气的老人当然也会变成古古怪怪的老人。走吧。"

李杏儿和棟树儿把见到猎神爷的事告诉了九公公。

狼神的礼物

棟树儿觉得爷爷应该骂两声猎神爷——怎么能说让全村人都被狼吃掉呢。可九公公听后,却长久地保持沉默。

棟树儿急了,把猎神爷骂的话重复了一遍,还龇牙咧嘴,连蹦带跳,简直把猎神爷描述成了一头吃人的老虎。

九公公轻声说:"你们听着。"

李杏儿连忙支起耳朵,听九公公拿主意。没了猎神爷出手,难道花冠村就真的要被狼吃掉了吗?不可能。只要九公公在,就没啥能吓住花冠村的人。

九公公说:"通知各家各户,晚上睡觉把门窗都关紧。"

李杏儿以为听错了,掏了掏耳朵,说:"九公公您说啥呢。"九公公又重复了一遍。李杏儿好失望,九公公竟然出了这么一个不是主意的主意。这主意,她动动脚指头都能想出来。可她只能硬着头皮说好,带着棟树儿往村子去。

村里人得知了猎神爷说让狼把全村人

都吃掉,而九公公却让他们晚上把门窗关紧的消息,都大眼瞪小眼。

有人说:"猎神爷怎么能这么说话呢?不就是五年前——哎,他太小心眼儿了。"

有人说:"可不是,他不就仗着自己是神枪手嘛。算了,别求他了,咱们还是听九公公的话吧。"

有个大娘说:"这算啥主意,我家裹尿布的小孙子都能想出这主意。"

这家大爷狠狠瞪了她一眼:"还有比九公公的主意更好的吗?没有的话,就去把门窗关紧了。"

李辣椒听到猎神爷说让白眼狼把全村人都吃掉的事情,气得直跳脚,背起猎枪满村子转,大声嚷嚷:"让咱花冠村的人被狼吃了?亏他说得出口!他孙子让狼叼走了,他的良心也让狼叼走了吧?什么猎神爷,有这样的猎神吗?'死了张屠夫,不吃混毛猪',他猎神爷不上,我李辣椒上!"

李辣椒背着猎枪正往山上走,他老婆赶过来,夺住

狼神的礼物

猎枪不让他走。

这时,村里有人传来话,说九公公让大家现在就回家关紧门窗。李辣椒的腿其实颤得厉害,一听这话,连忙往山下跑,边跑边说:"九公公的话必须得听,打不打狼不要紧,九公公都一大把年纪了,要是把他气着了可怎么办啊?回家,关紧门窗。"

黄昏来临,月亮爬到树梢,整个花冠村都回荡着叮叮当当的敲门窗声。村里人为了加固门窗,有的多上一道锁,有的还插上荆棘。就算再凶狠再贪婪的狼,看见那尖利的刺,也会倒退几步吧!

十二公公还派了一个身强力壮的中年猎人背着猎枪守在村口。他是猎神爷的徒弟,本事虽然比猎神爷差了几十里山路,不过四舍五入,也算个好枪手。猎神爷丢了孙子之后突然六亲不认,连带着对几个徒弟也都不理不睬。

花冠村的防守做得严严实实,要是有鸟儿飞过村子上空,都会被这架势吓蒙。

狼神的礼物

棟树儿喜滋滋地说:"杏儿姐姐,今天晚上白眼狼准得被吓回去,以后再也不敢踏进花冠村半步了。"

李杏儿觉得他说得对,可又觉得哪里不对,又说不出不对的地方,就说:"好吧,要是白眼狼来你家,你使劲儿敲面盆,我听见了就跑过来。"

棟树儿握紧拳头,咬牙切齿道:"我家还有一只母鸡,天天下蛋给我吃。我决不会让狼把它叼走。狼要再敢来偷,哼,先吃我两拳头。"

这天早上,李杏儿在梦里漫山遍野地跑,跑到一个山头,突然迎面遇见一只皮毛雪白、斜吊着眼睛的狼,模样凶狠而狡猾。

李杏儿一惊,这不就是传说中的白眼狼吗?白眼狼凌空飞跃,朝她扑来。她反身往山下跑,边跑边喊:"白眼狼来了,大家小心啊,白眼狼来了——"

李杏儿一惊就醒了,醒来就听见窗外有人在喊:"白眼狼来了!大家小心啊——"她打开窗一看,几个

花冠村的秘密

小孩儿正满村子跑着喊着。

李杏儿急忙起身,往楝树儿家跑。

楝树儿正坐在门槛上抹泪呢。一问,原来他家里最后一只母鸡昨晚丢了,一地鸡毛表明,准是白眼狼干的坏事儿。

昨天晚上,花冠村一共有三只鸡、两只小兔子被偷走。守在村口的猎人发誓说他一直死死盯着村口,连半只眼睛都没合上过。白眼狼要么是从天上掉下来的,要么是从地底钻出来的,反正他在村口连狼影子都没见过。

大家愁眉苦脸地围在一块儿,也不敢找九公公。九公公准会怪他们不把好门户,要不然怎么又让白眼狼抓走了这么多家畜呢?

有人说再去求求猎神爷吧,说不定他心一软,就上山去打白眼狼了。

李辣椒站起来,大声说:"求啥求?天底下除了猎神爷,就没人会打猎了吗?死了张屠夫,就得吃带毛猪

了吗？我李辣椒第一个不服。"

大家纷纷响应："对对对，咱们怎么把李辣椒给忘了？"

"是啊，李辣椒可是花冠村的第二把好猎手！"

"可不是，李辣椒可是响当当的二把手。"

"猎神爷名气太大了，把李辣椒的名头给盖过去了。"

"李辣椒，你赶紧出手吧，再不出手，咱们过年连鸡毛都没得吃了。"

李辣椒背着手，在村口绕了一圈，看起来像在做重大的决定，然后他郑重其事地说："好吧，我李辣椒决定，把白眼狼抓回来，为花冠村的鸡鸭兔羊报仇雪恨！"

大家挥着拳头，为李辣椒鼓劲喝彩，送他到上山的路口。李杏儿跟在大家后面，看着李辣椒背着猎枪，昂首挺胸向山上走去。

李杏儿有点儿纳闷，在她记忆中，花冠村的好猎手除了猎神爷，好像没别人了。她还记得李辣椒过年时逮

家里的鸡的情形：鸡满村子跑，他满村子追。鸡都飞到屋顶了，他折腾大半天还是没逮住，被老婆臭骂了一顿。他能是一名好猎手吗？李杏儿挺担心的。

这一天，花冠村的村民都等在村口，又焦急又担心。有人觉得李辣椒打不过白眼狼，不被狼吃掉就很好了。有人觉得他除了能打中白眼狼，说不定还能顺便捎上几只野鸡野兔回来。还有人开始讨论怎么炖野鸡野兔了。

楝树儿问李杏儿：李辣椒能不能把白眼狼抓回来？

李杏儿使劲儿想了想说："我觉得，他能全胳膊全腿回来就很好了——"

刚说完，村口就有人大呼小叫起来，很多人朝那边跑去。李杏儿和楝树儿也跟着跑去。两个人挤进人群里一看，李辣椒躺在地上，鼻青脸肿，胳膊腿上东一条西一道的，满是血痕。

人们问他到底怎么了，是被老虎还是被白眼狼抓了？

狼神的礼物

李辣椒的老婆一边骂一边扶起他。他哼哼唧唧，身子骨像被抽走似的，全身瘫软，任由老婆扶着拖着往家去。

有人说快去找猎神爷的徒弟，就是那个守村口的中年猎人，他总能开几枪吓吓白眼狼吧。有人接话，说那徒弟一早就不见人影了，估计脚底抹茶油溜了。

人们说："完了完了，花冠村的第二把猎手都伤成这样，猎神爷的徒弟比狼逃得还快，现在还有谁能上山打白眼狼啊！"

李杏儿觉得整个村子都被乌云遮住了，笼罩在唉声叹气里。大家脸上没一个笑容，脸色阴得都能滴出水来。

 ## 人鹿出现了

李杏儿快快不乐地回到她家那两间天蓝色的木屋里。她家搬到青木瓜镇后,就没在花冠村的木屋里养鸡鸭,白眼狼也就偷不走什么。除非偷走她这个大活人,可她有南瓜护着,就算南瓜胆小如鼠,叫几声壮壮胆还是能的。

她进屋后喊南瓜,想问问它昨晚有没有听到什么动静。喊了两遍,南瓜没应声,喊了三遍还是没应声。李杏儿有点儿不高兴了,它太贪吃贪睡了,这样下去非变成胖乎乎的大懒狗不可。

屋里屋外一圈找下来,李杏儿连南瓜的影子都没看

狼神的礼物

到。一阵风吹来,树叶从头顶扑簌簌落下。李杏儿抬头朝树上看,南瓜也没有上树。一阵风吹过,李杏儿忽然浑身一抖——糟了,南瓜准是被白眼狼叼走了。

她满村子跑着喊:"南瓜南瓜南瓜——"

没一会儿,整个花冠村的人都知道李杏儿的小狗南瓜也惨遭白眼狼的毒手了。楝树儿本来沉浸在丢了最后一只母鸡的悲伤里,一听南瓜也没了,马上觉得丢了鸡就跟丢了一粒芝麻一样不值一提。他安慰杏儿:"杏儿姐姐,你别难过,南瓜一定没事,它准是上山玩去了。"

李杏儿呆呆地看着重重大山,说:"南瓜准是被白眼狼叼走了,南瓜准是被白眼狼叼走了,南瓜准是被白眼狼叼走了,南瓜准是——"

这天,李杏儿和楝树儿坐在高高的树杈上,李杏儿反反复复说了八十八遍"南瓜准是被白眼狼叼走了",楝树儿把他能想到的安慰的话都说尽了。在李杏儿重复第八十九遍时,楝树儿忽然扶着树杈站起来,大声说:"我们上山找南瓜去。"

树杈摇摇晃晃，楝树儿站立不稳，李杏儿赶紧拉住他，两个人从树上跳了下来。

李杏儿让他再说一遍刚才的话，楝树儿用更坚定的语气说了一遍。

李杏儿重重地拍了拍楝树儿的肩头，说："真是我的好伙伴，跟我想到一块儿了。"

楝树儿有点儿犯愁地说："可我们拿啥对付白眼狼呢？总不能拿木棍吧？"

李杏儿皱着眉头想了想，然后笑了。楝树儿也跟着傻呵呵地笑了。

这天中午，他们来到猎神爷家门口。午后的时光很安静，静得连树叶落下时划破空气的轻微声都能听见。

他们往门口看去。虎豹蹲在门口，半睁半闭着眼，发出轻轻的呼噜声。猎神爷每天中午要喝两盅酒，然后睡足两个时辰的午觉。虎豹跟猎神爷这么多年，也沾上了好酒的毛病，之后再睡个醉醺醺的午觉。这些是他们从九公公嘴里套出来的。

李杏儿摸向门口,山里人家大白天从来都是敞开着门,这是上百年的习惯。门口就挡了块矮栅栏。楝树儿攥着酒酿饭团儿,万一虎豹醒来,可以用饭团儿及时堵住它的嘴。

李杏儿挪开矮栅栏,朝西厢房轻手轻脚走去。以前他们偷偷摸摸过来玩时,见过猎神爷从这间屋里拿出了猎枪。

楝树儿在外头,紧紧盯着虎豹。虎豹可能被盯得不舒服了,甩了甩尾巴,慢慢地睁开一条眼缝。楝树儿浑身一哆嗦,心想糟了糟了。虎豹看了他两眼,翻了翻眼白,又合上了眼。楝树儿嘘了口气,发现手里的酒酿饭团儿都快被捏碎了。

李杏儿从屋里出来,肩上多了一杆猎枪,猎枪高出她两个头。

楝树儿惊喜得差点儿要喊出来,连忙用酒酿饭团儿堵住了自己的嘴。

李杏儿对着屋子鞠了个躬:"对不起啊,猎神爷,

我拿了您的猎枪。我知道这样不对,可是,南瓜现在很危险,我们必须把它救出来。把南瓜救回来,我们再来跟您道歉,您要怎么罚我们都可以。"

楝树儿也跟着鞠躬。两个人撒腿跑离猎神爷的木屋。

李杏儿和楝树儿在山上走了大半天,连野鸡野兔都没碰见一只,更不用说白眼狼和南瓜了。

李杏儿这时才觉得出来得有点儿莽撞,他们连白眼狼的老巢在哪儿都不知道就满山瞎转悠,怎么能找到南瓜呢?等他们找到,南瓜说不定连骨头都没剩了。

一想到懂事乖巧、百依百顺的南瓜已经葬身于白眼狼之口,李杏儿心如刀绞,后悔自己平时总是对南瓜很任性地呼来喝去。

李杏儿东张西望,哽咽着说:"南瓜,你在哪儿啊?南瓜你出来好不好?我以后一定好好对你,好吃好喝的

全给你,南瓜你在哪儿啊?"

楝树儿说:"南瓜,别跟我们躲猫猫了,快出来。我知道你一定在山上贪玩儿,出来吧,我和杏儿姐姐给你带来了香喷喷的肉骨头呢!"

两个人高一声低一声地呼唤着。

山道上、林子里,只有他们一路踩着落叶的脚步声、鸟雀从枝头惊飞的扑翅声,以及溪沟泉瀑发出的哗哗水流声,此外再也没有别的动静。

他们翻过一个又一个岭头,走过一片又一片树林。不知走了多久,也不知走了多少路。等到楝树儿的肚子忽然发出响亮的咕噜噜声,他们才惊觉肚子很饿了。

大山不会饿着山里人。李杏儿爬上一棵野蟠桃树,摘下一颗颗软甜的桃子,扔给楝树儿。等楝树儿抱了一堆桃子,她才坐在树杈上吃起来。

山里的野果就是香甜,他们吃了一个又一个,直到打出香甜的饱嗝才罢手。楝树儿开心得忘了南瓜丢失的忧伤,说得记住这个地儿,下回再来摘桃子吃。

李杏儿把吃剩的桃核满大山乱扔,这可不是她的坏习惯。这些核儿说不定能长成桃树,那么几年后山里人就能吃到更多的桃子了。

忽然,一片树丛后传来细脆的鸣叫:"呦呦呦——"

李杏儿愣住了,这是什么叫声?像鸟叫,也像婴儿哼哼,从来没有听见过。好像是为了让她听得更清楚些,叫声更响更脆了:"呦呦呦,呦呦呦——"

楝树儿跳起来:"杏儿姐姐,这是什么怪叫声啊?"

李杏儿迅速从树上下来:"这声音这么细弱,不会是什么可怕的动物。"

他们在树干后蹲下身,悄悄地观察。这时,一个小脑袋从树丛后探出来,一对圆溜溜的担惊受怕的眼睛滴溜溜地转来转去。

楝树儿惊喜地叫出声来:"小鹿!是小梅花鹿!"

没等李杏儿喝住他,他就蹦出去,冲向小鹿。李杏儿心想,这下好了,轮到小鹿被你吓着了。

果然,小鹿瞪着受惊的大眼睛,惊恐地盯着楝

树儿。

楝树儿慢慢靠近小鹿,伸出手,放在小鹿的头顶,很轻很轻地摸了一下。小鹿伸出舌头,也很轻很轻地舔了下他的手。

楝树儿欢天喜地地叫:"它喜欢我!小鹿喜欢我,小鹿喜欢我!"

李杏儿觉得有点儿奇怪。梅花鹿是森林里最胆小的动物之一,面对突然出现的、有可能伤害它的人类,它怎么会不害怕呢?难道它是被吓得动也不敢动了吗?

李杏儿走到小鹿身边,小鹿冲着她怯生生地叫:"呦——"

这叫声又细又弱,像被猎人追赶了几十里路的受伤的小动物的讨饶声,瞬间打动了李杏儿的心。这下她确信,小鹿真的是被吓呆了。

李杏儿轻抚小鹿的背,它的皮毛光滑又细密,摸着好像妈妈新买的丝巾。她轻声说:"小鹿小鹿,你不要怕,我们不会伤害你的。"

小鹿惊恐地盯着她肩上的枪。

李杏儿把枪换到另一个肩膀说:"不要怕,我的枪不会打你,真的,我保证。"

小鹿好像听懂了她的话,喉咙底发出轻轻的哼声。

李杏儿说:"小鹿,你能告诉我,这山上有没有白眼狼吗?就是长着一对吊白眼、模样很凶恶的狼?"

小鹿瞪着又圆又黑的眼睛,默默地看看她,然后扭头朝山上树林深处凝视了一会儿,再回过头来看她。

李杏儿又说:"还有,你有没有看见一只小狗,戴黑框眼镜,眼珠大大的、亮亮的,又漂亮又可爱——"照她的描述,平时不怎么起眼的南瓜,瞬间变成了俊俏可爱的小美犬。要是南瓜听到她这么说,准会高兴得一蹦三丈高。

楝树儿说:"对对,南瓜可是我们花冠村最最漂亮的狗狗。"

小鹿转身朝前走去,四条细长的腿轻盈地蹦跳。走了几步,它回头朝他们看看,轻点了下头,又继续朝前

走去。

楝树儿说:"杏儿姐姐,它这是招呼我们跟它走。"

李杏儿说:"小鹿这么有灵性,一定听懂了我们的话,要带我们去找南瓜呢!"

两个人跟上小鹿。小鹿在前面轻盈地蹦跳,不时停下来等等他们,大眼睛里闪烁着温顺的光泽。有了小鹿的陪伴,他们跑跑跳跳,追追闹闹,不知不觉翻越了好几个山头。

走到一处林深树密的峡谷地时,李杏儿感到很累了,她喘着气问小鹿什么时候到。小鹿停下脚步,朝四周看了看,然后走向一处绿萝丛生的崖壁。

李杏儿心里纳闷儿,小鹿难道要爬上崖壁吗?

小鹿在崖壁前停下,举起蹄子,拨开绿萝,一个山洞出现了。李杏儿跑到山洞前往里看,里面黑乎乎的。她闭了闭眼,再睁开,看到一缕细细的光从洞里照出

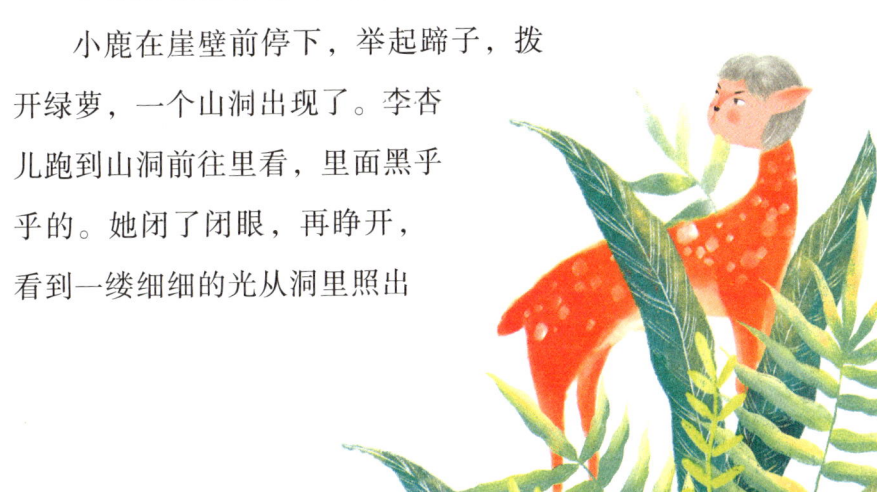

来，神秘兮兮的。

难道这里也像当初山妖们住的山洞一样别有洞天吗？李杏儿对山洞有天然的向往，那里总藏着无数的惊喜或惊恐。虽然有时候惊恐大于惊喜，李杏儿还是抑制不住探险的冲动。

李杏儿走进山洞。楝树儿跟着走了几步，忽地身上一凉，赶紧抓住李杏儿，死命地往外拉。

到了洞外，楝树儿神情不安地解释："杏儿姐姐，我忽然觉得不太对劲儿，我们不要进去了，万一有很可怕超可怕的东西呢。"

李杏儿说："小鹿带我们来这儿，肯定想要告诉我们答案。我有预感，要么白眼狼在这儿，要么南瓜在这儿。"她拍拍肩上的枪："怕什么，我们有枪呢。"

楝树儿扭头张望："小鹿，小鹿——哎，小鹿呢，它去哪儿了？"

树林在风中哗哗作响，天地之间只有他俩的身影，此外什么都没有，连鸟都没有从天空飞过。

李杏儿的心头也掠过一丝不安,这里太静了,静得像一幅山水画。她扭头看了看山洞,觉得还是山洞里安全些。

李杏儿说:"来,楝树儿,拿上枪,这样你会勇敢起来。"

楝树儿紧紧握住枪,背一挺,真的变勇敢了。他羞怯地表示没事了。

两个人手拉手走进山洞。山洞正好能让他们两个并肩而行。前面的光越来越亮,不知道是烛光还是阳光。走着走着,李杏儿忽然一脚踩空,连带楝树儿,两个人直直地坠下去了。

两个人"啊啊"地喊着,声音撞上洞壁,轰隆隆的响声像炸雷一样。

两个人像两块大石头从天而降,落在草地上。李杏儿和楝树儿忍着疼痛站起来,发现这里三面是山,另一面是悬崖,悬崖边是万丈深渊。这是个什么鬼地方啊?

这时,李杏儿听见一阵咕噜呼噜呜噜的声音,好像

有股水在往一个深洞里灌。她循着声音看去,只见一头鹿正撅着屁股,在悬崖边吃东西。它的身形比刚才那头小鹿要大一些,皮毛的颜色也深多了。

她稍稍宽了下心,看来这里果然是鹿洞,不会是什么可怕的地方。李杏儿壮起胆,走向那头鹿,心想它到底是小鹿的哥哥还是姐姐。

那头鹿听见了她的脚步声,慢慢地转过脸,蹄下踩着一只血淋淋的鸡。楝树儿一眼就认出那是他家的最后一只母鸡。

李杏儿看着鹿,张大了嘴。楝树儿看着鹿,也张大了嘴。两个人的嘴张得大大的,就是发不出声音,好像他们突然变成哑巴了。

这是一个人脸鹿身的怪物。它的眼睛鼻子嘴巴跟李杏儿和楝树儿的一模一样,身体是鹿身,脸是人脸,可它不是人也不是鹿。

这脸是李杏儿和楝树儿很熟悉的,就是他们的小伙伴,传说中被白眼狼叼走的、猎神爷的孙子金枝儿。可

金枝儿怎么会变成这样的似鹿非鹿、似人非人的怪物呢?

他们见过山妖、地精、湖怪,见过山上凶猛的老虎、豹子、狼,算是见过各种奇形怪状的动物了,可从来没想过自己的小伙伴突然变成了怪物,而且活生生地站在自己面前。天底下还有比这更可怕、更离奇的事吗?

李杏儿在惊恐之余迅速想到,如果眼前的怪物真是金枝儿,那他应该还会认识自己吧?她努力镇定下来,从喉咙底使劲地挤出声音:"金,金,金——"

没等她喊出完整的名字,那人鹿怪物突然尖叫一声,那声音不像小鹿那么怯生生的,更像是小狼的嚎叫。"啊呜——"它露出雪白的牙齿,猛地扑向他们。

李杏儿呆愣在原地,眼睁睁看着人鹿扑向自己,她已经被吓蒙了。楝树儿离他们远一点儿,他拉住她就跑。可很快发现无处可逃。三面是山,一面是悬崖,跑到哪儿去?

李杏儿猛然反应过来,一把夺过楝树儿背的枪,对

狼神的礼物

准了人鹿。人鹿在距离她两步远的地方停下，瞪着眼睛，磨着牙。它显然怕枪。

李杏儿看着金枝儿的脸，心都颤抖了。这明明是金枝儿啊，他怎么变成这种怪物了呢？虽然他失踪了整整五年，可这张脸她再熟悉不过了。在这失踪的五年里，金枝儿到底经历了什么啊？

楝树儿说："杏儿姐姐，别开枪，他是金枝儿，金枝儿啊！"

李杏儿说："我们要带走他，一定要把他带走，问问他到底发生了什么。"她握枪的手不停地抖着，既怕人鹿扑上来伤害自己，又怕自己一不小心开了枪。

人鹿见他们没动静，就继续朝他们逼近。

李杏儿喊："别过来，再过来我就开枪了！别过来！"

人鹿不紧不慢一步步地走着，那张神似金枝儿的面孔上不再有往日的笑容，更像是戴着一张僵硬的面具。

李杏儿哭喊着说："别过来！听见没有，我让你别过来,再过来我开枪了。"

楝树儿紧紧抓着她的后衣摆,语无伦次:"杏儿姐姐,快开枪啊——不,不要开枪,他是金枝儿——快开枪啊,不要,不要开枪——"

突然,一道白色的影子从天而降,"嗷啊——"凄厉的嚎叫声像一道闪电打在这片阵地上,冲突一触即发。

悬岩上的秘密

落在地上的是一匹白色的狼,一匹像小马驹一样大的白狼。它瘦长的面颊上嵌着一对凶残阴冷的吊白眼,正死死地盯着他们。

如果说刚才李杏儿和楝树儿已被人鹿吓得丢了三魂,现在他们看到白眼狼,七魄也丢了,仅剩的肉体支撑着他们往悬崖边跑去。结果跑到悬崖边一看,下面是万丈深渊,人要是摔下去连骨头渣都剩不下了。

李杏儿在绝望中忽然想起,他们是来打白眼狼的,现在见到它居然没命地逃,要是白眼狼晓得他们的来意,估计会笑掉满嘴牙。

李杏儿哆哆嗦嗦地举枪对着白眼狼,她在心里拼命给自己鼓劲:别慌别慌,别紧张别紧张,打啊快打啊——

可枪栓很结实,怎么都拉不动。面对打猎目标,李杏儿都举起枪来了,却怎么都开不了枪。白眼狼岂止会笑掉大牙,估计连鼻子都要笑歪了。

李杏儿就这么死死地举着枪,对着白眼狼,楝树儿死死地攥着她的后衣摆。

白眼狼站在他们面前,既没有嚎叫,也没有露出凶相,反倒是很平静地看着他们,像要看清他们孰肥孰瘦,考虑待会儿怎么下嘴。另一边的人鹿对这紧张的氛围毫无察觉,津津有味地吃着还没吃完的鸡。

李杏儿心想,白眼狼为什么不扑过来?是嫌我们个子小不够吃,还是嫌我们身上有汗酸味儿?金枝儿——不,这人鹿怪物会不会也想吃我们,像撕鸡肉一样把我们撕成一片一片……她禁不住全身哆嗦,胃里一阵阵翻腾,觉得又害怕又恶心。

棟树儿在她身后小声说:"杏儿姐姐,要不我来开枪吧?我打中过野鸡——"

白眼狼却在这时转身向人鹿,张开嘴,一口咬住了人鹿。

李杏儿急得直跺脚:"不要,不要吃金枝儿——"

原来白眼狼要吃的是人鹿,可她并没有听到人鹿被咬的惨叫声。再仔细一看,白眼狼只是衔住了人鹿的耳朵,就像大人揪住不听话的小孩的耳朵。人鹿倒很乖顺,跟着它走向悬崖。它们要干什么?跳崖吗?

白眼狼带着人鹿在悬崖边站定,回头朝李杏儿和棟树儿看了看,轻轻点了点头,一闪身就不见了。

李杏儿和棟树儿跑过去一看,原来悬崖边有条小路紧贴崖壁,不知通向哪里。

棟树儿说:"杏儿姐姐,我们怎么办?"

李杏儿想了想说:"不管是打狼,还是被狼吃掉,我们总得弄清楚,这白眼狼想干什么,人鹿到底是金枝儿还是别的什么怪物。要是没弄清楚就被狼吃掉,我们

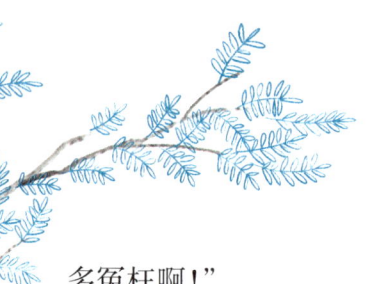

多冤枉啊!"

楝树儿说:"对,我们不能不明不白地被狼吃掉。"

李杏儿说:"我们才不会被狼吃掉呢,我们还要找它算账,南瓜说不准就是被它抓走的。快走,小心着点儿。"

两个人贴着崖壁,小心而快速地跑着。

李杏儿和楝树儿跑了一段狭长的山路,进入了山岭。这里的路是开阔了,可崎岖蜿蜒,根本没法儿好好走,只能手脚并用地爬。

白眼狼和人鹿离他们不远不近,始终在他们的视线里,好像有意在等着他们。

它愈是这样,愈是让李杏儿好奇,它到底想带他们去哪儿?

楝树儿抱着一块大石头喊累死了,他要歇会儿。李杏儿陪他坐下,她也累坏了。刚坐下,一抬头,白眼狼正瞪着阴沉沉的吊白眼,在不远的山头上盯着他们。

李杏儿猛然一惊,这狼不嚎不叫,不攻击也不躲避,它到底想干什么——难道它想带他们去狼窝,让它的狼孩子吃掉他们?

这一想,李杏儿越来越觉得猜得没错。怪不得人们都说狼很狡猾,它一口吃不了两个孩子,就故意不吃,也不吓唬他们,而是一步一步把他们骗进圈套,然后把他们撕得粉碎,喂给孩子吃。这白眼狼实在是太狡猾太可恶了——

李杏儿悄悄握紧枪,感觉危险随时都有可能降临。

白眼狼没有再看她,而是叼住人鹿的耳朵,转身离开。

李杏儿和楝树儿又跟了上去。李杏儿不时地瞄准白眼狼,楝树儿小声提醒,让她小心别打着金枝儿——万一那人鹿真是金枝儿呢。

每一次李杏儿刚瞄准,人鹿就会闪过来,挡在瞄准的枪口前。李杏儿又着急又无奈,只得放下枪。白眼狼倒是不慌不忙,在他们找不到它们时,又悄然出现在他

们的视线内。当他们快跟上时,又倏然消失。若即若离,时隐时现。李杏儿只能干着急。

天色渐渐暗下来,李杏儿和楝树儿饿得肚子咕咕叫,白眼狼和人鹿还在前面不紧不慢地走着。楝树儿发现路边有一丛野果,咽了咽口水,伸手就去摘。

李杏儿说:"小心,我来摘,你够不着——"

话音刚落,楝树儿脚下的泥石一松,连人带泥石滑下山去。李杏儿只听见山崖下传来他又细又长的喊叫声:"啊——"

这一切来得太快,李杏儿呆了两秒后,立刻朝山崖下看去,只见陡峭的山壁下是层层叠叠的树枝,就算她跳下去,也找不着楝树儿的身影。

李杏儿禁不住大哭:"楝树儿,楝树儿,你在哪儿啊?"

白眼狼站在山头,高昂着头,冷漠地盯着她。愤怒涌上她的心头——都怪这狡猾可恶的白眼狼,它把他们带到这里,原来是要让楝树儿掉下山崖,这样它就可以

狼神的礼物

只对付她一个人了。可恶,太可恶了!

李杏儿举起枪,不管打不打得中,用尽全身力气朝白眼狼开枪,"砰——砰——砰——"复仇的子弹呼啸而出。枪声在大山里显得格外惊心动魄。

李杏儿停下一看,白眼狼依然站在山头,一动不动,好像非常蔑视她的枪法。她又悲痛又愤怒,捡起石头朝山上掷去,边掷边骂边哭:"坏狼,恶狼,该死的狼,是你害了楝树儿,是你害死了他,呜呜呜——"

白眼狼掉头离开,身影在山路上若隐若现。

李杏儿大声哭着,这一切太糟糕了。既没有找回南瓜,也没有救回金枝儿,更没有打中白眼狼,楝树儿还掉下山崖生死未卜。天啊,怎么办怎么办——不行,不能哭,眼泪解决不了任何问题,小伙伴们都等着她去救呢,她必须振作起来。

李杏儿忍着悲痛,一边抹泪,一边在崎岖不平的山上爬着。她必须先跟上白眼狼,才有机会把南瓜、楝树儿和金枝儿救出来。

花冠村的秘密

前方出现了平整的山地，长满了嫩绿的青草，一块长满藤蔓的硕大的岩石架在两处悬崖之间，显得突兀又怪异。白眼狼悠然地站在悬岩前，等着李杏儿爬上来。人鹿正在山地上吃草，不时扭过脖子看一眼李杏儿。它又吃肉又吃草，这么古怪，到底是不是金枝儿啊？

李杏儿手脚并用，终于爬上山地，在距白眼狼十步之遥的地方停下，她用猎枪对准白眼狼，声音嘶哑、咬牙切齿地说："白眼狼，今天不是你死就是我亡。你抓了村里那么多鸡鸭，抓走了南瓜，把金枝儿变成这副怪模样，还害得楝树儿不知死活，我们人类跟你无冤无仇，你为什么要这么害我们？为什么？"

一阵山风呼呼地吹过来，猛烈又阴冷，差点儿把李杏儿刮倒。她抱紧一棵树才没被风吹走。

白眼狼慢慢地张开嘴，露出雪白尖利的牙齿，朝她慢吞吞地走去。

白眼狼的嘴越张越大，李杏儿都能看见它血红的舌头了。它终于暴露它的真面目了。李杏儿把枪口对准它

的大嘴,这一枪要是从它的嘴打进肚子,准能把它的肚子打个稀巴烂。

啊嚏!啊嚏!啊嚏!白眼狼张着嘴,接连打了三个响亮无比的喷嚏,连对面山头都响起了回音:啊嚏!啊嚏!啊嚏!

原来白眼狼被山风吹得受凉了,张大嘴只是为了打喷嚏。

子弹已飞向白眼狼。白眼狼的头微微一侧,子弹飞向大山深处。正在吃草的人鹿抬起头,漫不经心地看了李杏儿一眼,又继续吃草。

这下好了,子弹全打完了,而且都打偏打歪了,不仅白眼狼看出了她是最没用的猎手,连人鹿都看在了眼里。李杏儿又羞又气又慌,要是白眼狼现在扑上来,她连防御工具都没有了。

李杏儿悲伤又绝望地想:"爸爸妈妈,我要被狼吃掉了。我是为了救南瓜而死的,不,还有为救金枝儿、楝树儿而死。老师说过,有人的死重于泰山,有人的死

轻于鸿毛,我——"

这时,白眼狼抬起头,仰脸望着爬满藤蔓的岩石,发出了长啸声。

李杏儿觉得奇怪,它对着一块大石头嚎叫什么?大石头里藏着什么东西?难道这是一整块大宝石吗?她盯着悬岩看,上面除了绿油油的藤蔓,没啥特别的。

白眼狼伸出爪子扒拉藤蔓。藤蔓牵丝攀藤,成片连着,一拉就整块落下。这白眼狼到底想干啥?它肚子里到底装着啥稀奇古怪的诡计?

李杏儿满怀好奇,她紧紧抓着空枪,想着万一这狡猾的白眼狼扑来,她还能用猎枪狠狠地砸它。

悬岩露出了光秃秃的岩壁,上面坑坑洼洼,凹凸不平,像刻着什么东西。李杏儿很失望,这要能算是大宝石,那整个大山到处都是宝石了。

白眼狼在悬岩前蹲下一动不动,像守护着这块大宝石似的。

李杏儿觉得这狼狡猾又愚蠢,她不想再跟它耗下去

了，再耗下去，她也要变得跟它一样愚蠢了。现在最后一颗子弹都打完了，她对付不了它，那只能先去找楝树儿，希望他没事。至于它，她一定会找它报仇雪恨的。

李杏儿狠狠地瞪了白眼狼一眼，把它吊白眼的凶狠模样牢牢地记住，便转身朝山下走去。

她刚走了两步，忽然一道白光在天空一晃而过，然后落在她面前。刚才还蹲在悬岩前的白眼狼瞬间出现在她面前，虎视眈眈地拦住去路。

李杏儿赶紧嗖地爬上旁边的一棵大树，冲着白眼狼骂："坏白眼狼，可恶，我都走了，你还要怎么样？"

白眼狼抬头看她，霍霍地磨着牙，吊白眼里闪着贼贼的亮亮的光，蹲在地上一动不动。

李杏儿的脑海里忽然闪过一道光：如果白眼狼真要吃掉她，一百个也吃了，可它到现在为止还没碰过她一根头发。它一步步地把她带到这里，难道是有什么重要的事要告诉她？

李杏儿抱着树冲着狼喊："白眼狼，你到底是想吃

掉我，还是想告诉我什么事？"

白眼狼一声不吭。

李杏儿说："如果你想吃掉我，脑袋朝左摆一下。如果你想告诉我什么事，脑袋朝右摆一下。"

过了一会儿，白眼狼的脑袋朝右摆了一下。

李杏儿惊奇不已，又喊："如果是好事，你朝左摆一下。如果是坏事，你朝右摆一下。"

白眼狼犹豫了一下，脑袋朝左一摆。李杏儿心头一喜，好事？白眼狼又朝右摆了一下，李杏儿心头一惊，坏事？它又左右摆了摆。

李杏儿说："那你再告诉我，楝树儿有没有摔着？南瓜是不是你抓的？那人鹿怪物是不是金枝儿？"

白眼狼看看她，转身朝山上走去。

李杏儿冲着它的背影喊："白眼狼，你得保证不吃我，我就跟你过来。"

白眼狼停下，没有回头，点了点头，继续朝悬岩走去。那背影看起来既骄傲又孤独。它居然答应不吃

狼神的礼物

她了。

李杏儿尽管很迷惑,但还是莫名地相信白眼狼不会伤害她了。也许它真要告诉她什么事呢?她跟着白眼狼往悬岩走去。

夜色来临,白眼狼一直仰着脖子盯着悬岩。人鹿吃饱喝足,趴在地上睡着了,发出了人的鼾声。李杏儿看着人鹿熟睡时的脸,感觉金枝儿真的回来了,回忆像潮水一样涌上来。这个时候,她不觉得白眼狼有多可怕了,反倒觉得有那么一点点温馨了。

李杏儿说:"好了,现在你可以告诉我到底有什么事吗?"

白眼狼举起爪子,指了指悬岩。

李杏儿说:"就一块大石头,你要把它看出洞吗?到底什么时候告诉我?"

白眼狼又举起爪子,指了指天上。李杏儿顺着它指的方向看去,天空上是被云遮住的半个月亮。

李杏儿说:"你的意思是要月亮升起来了才告

诉我?"

白眼狼点点头,又仰头盯着悬岩。

李杏儿的肚子饿得咕咕叫,她忍不住又问白眼狼:"我饿了,有没有好吃的?我要是饿晕了,你告诉我啥事我都听不见了。"

白眼狼的爪子在地上刨啊刨,刨出了一个像土豆又像番薯的东西,踢过来。她接过,扒拉几下,这疙瘩露出白生生的肉。她剥掉外面的皮,小心地咬了一口,居然甜丝丝的。李杏儿再也顾不得有毒没毒,先吃了再说,剥掉皮大口吃起来。真好吃,比土豆、番薯好吃多了。

李杏儿吃完,舔着嘴唇向白眼狼再讨,白眼狼又刨出几个踢过来。

她吃饱喝足,脑袋一晃一晃,上眼皮粘住下眼皮,困意一阵阵涌上来,只好趴在地上休息。即将入睡的瞬间她猛然想到:怎么这么快就困了,难道刚才吃的东西有毒吗?糟了糟了,还是掉进了白眼狼的陷阱。这下全

军覆没了。

可她再也撑不开眼皮,昏昏沉沉地睡着了。恍恍惚惚中,她走在雾气弥漫的山林里,南瓜在前面跑,她喊道:"南瓜等等我,南瓜等等我——"

南瓜边跑边回头,不时焦急地叫几声,好像要带她去什么地方。

跨过一条条细细长长的溪流,翻过一个个高高低低的山岭,李杏儿来到了青草茂盛的草地。南瓜如离弦的箭般扑向草地,并且回头冲她汪汪叫。它发现了什么?

李杏儿跑过去一看,呆住了,楝树儿躺在草地上,正呼呼大睡。这片草地厚得像地毯,草丛中盛开着五颜六色的野花。她赶紧仔细察看,楝树儿的胳膊腿完完整整,身上没有一点儿受伤的痕迹。

李杏儿忍不住又哭又笑:"楝树儿没摔着,楝树儿没事,楝树儿好好的——"

她猛然惊醒,跳进眼眶的是一轮清亮的圆月。她抬头一看,白眼狼依然蠢蠢地蹲在悬岩前,像另一块

岩石。

她轻声说:"楝树儿,你一定没事的,等着我,我一定会来救你的。"

她走到白眼狼面前说:"白眼狼,现在该告诉我究竟有什么事了吧?我都睡过一觉醒来了。"停了停她又说:"刚才那东西挺好吃的,嗯,谢谢你。"

白眼狼抬头朝月亮看去。月亮越升越高,越来越亮。它又扭头看悬岩。李杏儿跟着它又看月亮又看悬岩,开始明白了——月亮和悬岩之间,肯定有某种联系。

月光照在悬岩上,悬岩越来越透亮。李杏儿心头一跳,难道这块悬岩真是一块大宝石?忽然,悬岩上坑坑洼洼、凹凸不平的地方变得越来越清晰,越来越像一幅画。李杏儿瞪大眼睛看着,心跳得更厉害了。

因为,她在悬岩上看到了一个熟悉的人——猎神爷。

禁止吃鹿

李杏儿还没来得及问猎神爷为什么会出现在岩画上,月亮已经把岩画照得通体透明,看上去就像一幅巨大的连环画,正诉说着一个她无法想象的离奇故事——

白眼狼在拼命奔跑,跑过山林、峡谷、溪沟……它的右后腿受伤了,一瘸一拐的,嘴里叼着一个婴儿,身后一路都在滴着鲜血。猎神爷举着猎枪,紧追不放。

猎神爷满脸怒容,李杏儿都能想象到他在怒骂什么:"该死的白眼狼,我一枪子儿把你的天灵盖掀个底儿。"

白眼狼是花冠山区的狼王,它轻易不下山。如果它

下山,那就不是鸡鸭遭殃了,而是小婴儿遭殃。传说白眼狼不吃小婴儿,小婴儿满足不了狼的胃,它们会把小婴儿养大,把他变成狼孩,这才是身为一匹狼最大的骄傲和胜利,也是对人类最大的挑战和藐视。

这天白眼狼下山叼走了花冠村一户人家刚生下的小婴儿,全家号啕大哭,猎神爷怒不可遏,提起猎枪追踪。猎神爷的枪分明准确地瞄准了白眼狼,但白眼狼太狡猾了,子弹只打中了它的右后腿。

这是猎神爷的打猎记录里最差的一次,却越发激起了他要打死它的念头。

叼着婴儿的白眼狼钻进一处细狭的峡谷,逃出峡谷就是狼族的地盘了,在那里,猎神爷的枪再厉害也没用。可白眼狼刚跳进峡谷就被卡住了。这时它才想起刚才在花冠村吃了三只鸡、五只鸭,肚子太鼓了。

前路狭窄,后有追兵,白眼狼急得瞪直了吊白眼。

猎神爷已经追踪到峡谷,他举起枪对准卡在峡谷里的白眼狼,愤怒地骂:"该死的白眼狼,这里就是你的

狼神的礼物

葬身之地!"

砰!枪声响起。

在猎神爷举枪与枪声响起的瞬间,猎神爷和白眼狼谁也没有留意到,一头梅花鹿从远处飞奔而来,横跃过这条细长的峡谷。峡谷那边有一片茂密的树林,长着它最喜欢吃的板栗、胡枝子、野山楂等。怀孕的母鹿急需补充能量,这样它才能生下一头结实有活力的小鹿。

横跳峡谷的母鹿没有留意到一场死亡的较量正在峡谷内进行。逃命的白眼狼没有留意到有一头怀孕的母鹿正从它身后的峡谷口掠过,追杀白眼狼的猎神爷同样没有留意到有一头怀孕的母鹿正从他的枪口掠过。

李杏儿看到的是猎神爷举枪、白眼狼逃命、母鹿横跳的静止画面,然而事实上,这是一个风驰电掣的过程。如果白眼狼逃得再快一些或慢一些,如果猎神爷的子弹再快一些或慢一些,如果怀孕的母鹿跳过去再快一些或慢一些,那么也就不会出现这样一幅离奇的岩画。

可一切发生得如此巧合,如此分秒不差。

子弹击中了母鹿的肚子。母鹿惨叫一声,原本飞驰的身影突然直直地落下,摔倒在峡谷口。

猎神爷被这突然的变故给弄蒙了。他的猎物是白眼狼,结果一头梅花鹿倒在他枪下。猎神爷一眼发现倒在血泊中的鹿的肚子很大,这让他的脑袋嗡地响了一声。猎人从来不会攻击任何怀孕的动物,哪怕是再穷凶极恶的动物。这是千百年流传下来的狩猎规矩。

猎神爷看到母鹿睁开眼,直直地盯了他一会儿就合上了眼。

前面传来狼的嚎叫,他猛然想起还有重要任务在身,小婴儿还在白眼狼的嘴里。他顾不得死去的母鹿,提着枪朝峡谷地跑去。

细长的峡谷地里,一个襁褓落在地上,婴儿在里面哇哇大哭。白眼狼不见了,两块岩壁之间血痕斑斑,地上滚着一些沾血的皮毛。很显然,白眼狼把婴儿扔下了,自己从狭窄的岩壁间拼命挤了出去,都挤出血了,才捡回一条狼命。

狼神的礼物

猎神爷抱起婴儿，恨恨地跺跺脚，眼下没法再去追狼了。

他回到峡谷口，蹲下身看着半个身子浸在血泊中、四肢不停抽搐的母鹿，禁不住跪下去。他没想杀鹿，可鹿死在他的枪下，而且还是一头怀孕的母鹿。一枪两命，这对一名猎人来说本来是很值得骄傲的事，可这不包括猎杀怀孕的动物。如果其他猎人知道了这事，一定会很鄙视他。

猎神爷抱在手里的婴儿哭得气若游丝、奄奄一息，他必须尽快把孩子送回村子，送回他哭成泪人儿的母亲身边，这是他来追杀白眼狼的真正目的。

他胡乱地抓了几把药草，敷在母鹿流血的伤口上，对它叩了三个头。一滴泪水从猎神爷的眼里落下，他嘶哑着嗓子说："对不起，我没想打死你——"

然后，猎神爷抱起婴儿，搂在怀里，朝山下跑去——

看到这里，泪水从李杏儿的眼里滚落下来，她知道

猎神爷没有错，可他的猎枪却夺走了两条无辜的生命。她擦掉眼泪寻找人鹿，人鹿依然沉沉地睡在草地上，天塌下来也跟它无关的样子。人鹿和死去的母鹿之间，又有什么样的联系呢？她继续看下去——

母鹿的四肢抽搐着，浸在血泊里的肚子轻轻地蠕动了一下，又蠕动了一下。它的脸上浮现出极其痛苦的表情，显然是在用全身所有的力气拼命地要把肚子里的小鹿生出来——

先是两条细长的小腿从母鹿的身体下面挤出来，过了一会儿，一颗小脑袋伸了出来。

母鹿伸长脖子，极其费劲地伸出舌头，舔干净小鹿脑袋上的黏液。母鹿稍稍歇息片刻，又开始使劲。一使劲，它伤口处的血流得更多了，几乎像细泉一样涌出来。它全身抽搐得更厉害了。

母鹿在拼命，小鹿也在拼命。它们拼尽力气，母亲要将小生命从自己的身体里推出去，逃离自己即将消亡的生命之境；孩子也拼命从母亲的身体里挣脱出来，成

狼神的礼物

为独立的自己。

不一会儿，一头完完整整的小鹿从母鹿的身体里脱离出来。母鹿再次伸长脖子，颤抖着把小鹿的身体舔得干干净净。小鹿趴在地上，像小猫小狗一样颤动着身体，它四肢撑地，尝试了一次又一次，终于把自己撑了起来。

然后，小鹿迈出了它降生以来的第一步、第二步、第三步……很快，它成了一头活力十足的小鹿，浑身闪耀着旺盛的生命。

母鹿用微弱的声音，呼唤它的孩子到身边吮吸第一口母乳。小鹿趴在母鹿的身边，无忧无虑地吮吸着甜甜的乳汁。它喝的是渗着血水的乳汁——

看到这里，李杏儿眼前一片模糊，泪水淌满了脸颊。她看过悲伤的电影电视，看过催人泪下的书……可所有悲伤的故事加起来，都没有这个悬岩上的真实的故事让她心痛。

她扭头看向白眼狼，它正仰脸望着天上的月亮，神

情冷漠、高傲而孤独，好像这一切跟它一点儿关系也没有。人鹿依然睡着。整个世界看起来很宁静，没有流血，没有杀戮，没有生死恩怨。

李杏儿抹了把泪，继续看下去——

小鹿吃饱奶，围着母鹿，试图让妈妈站起来。然而，母鹿那双满是留恋的大眼睛慢慢地合上了。小鹿张着嘴惶恐地叫着，怎么也叫不醒母亲。它刚刚拥有母亲，转眼间又失去了。

母鹿的眼睛合上了，但它的耳朵竖起来了。一股幽怨之灵从母鹿的耳朵里悠悠地飘出来，飘向小鹿。传说灵魂是从耳朵中进进出出的。

母鹿的幽魂用只有母子才能通晓的语言告诉孩子，人类是长着两手两脚、直立行走的家伙，他们自认为是这个世界上最高等的生物，觉得除了他们自己，别的生物都是低贱的。他们会杀害别的生命，以维持自身的生存。人类，是一种非常残忍的生物……

母鹿的身体仍然倒在血泊中。母鹿的幽怨之灵钻进

了小鹿的耳朵,小鹿浑身一震,感觉身体里有了两个灵魂。幽怨之灵告诉小鹿,下山下山下山——

小鹿奔跑起来。它刚出生,从来没有跑过崎岖的山路,可它好像跑了千百遍那样熟悉。

那个时候,猎神爷的孙子金枝儿跟李杏儿和楝树儿玩得满头大汗,回家洗过澡,正躺在竹凉椅上休息。那个时候,猎神爷抱着从白眼狼嘴里救下来的婴儿,正奔跑在下山途中。

中午时分的花冠村总是静悄悄的,连树上的知了都停止了聒噪,趴在树干上打瞌睡。被鹿灵驱使的小鹿站在猎神爷家的门口,轻轻地叫了几声:"呦呦呦——"。

金枝儿像做梦似的起身,朝四周看了看,看见了一头活泼可爱的小鹿站在眼前。他咧开嘴笑了,伸手去摸。小鹿躲闪开,朝山上跑去。金枝儿伸着手跟在后面,他好想摸一摸小鹿那身像梅花撒开一样的漂亮皮毛。

金枝儿跑出村口的时候,跑丢了一只鞋。猎神爷抱着婴儿匆匆忙忙赶回花冠村,他急着把饿昏的婴儿送到他母亲身边,因此当金枝儿追着小鹿在不远处的树丛中跑过时,他眼前恍惚了一阵,觉得是金枝儿,又以为自己眼花了。他没多想,也没追上去,就抱着婴儿跑开了。

小鹿在前面跑,金枝儿在后面追,蹚溪流、过峡谷……

小鹿突然停下脚步,金枝儿猛然发现峡谷口的草地上,一头母鹿正躺在血泊之中。没等他惊叫出声,小鹿

狼神的礼物

就踢了他一脚，金枝儿摔向母鹿——等他起来的时候，已成了人脸鹿身的怪物。它忘了自己曾经是人类，是猎神爷的孙子金枝儿，它开始像鹿一样吃草……

鹿灵一遍又一遍地告诉小鹿：把猎神爷引进森林，让他亲手猎杀自己的亲孙子，让他尝尝生离死别的滋味……

猎神爷回到家，发现竹凉椅上只有金枝儿的一件短裤。他喊遍花冠村，只在村口找到了一只鞋。悲伤的猎神爷认为，一定是可恶的白眼狼前来报复，叼走了金枝儿。他举枪朝天砰砰砰开了几枪，发誓一定要抓住白眼狼——

李杏儿看到这儿，冲着白眼狼喊："白眼狼，这岩画是不是你画上去的？你既然知道了真相，为什么不告诉猎神爷？为什么不把金枝儿送下山？为什么还要下山偷鸡摸狗？你到底是什么意思？"

白眼狼高傲的头颅低了下去，挨着地面，久久抬不起来，好像有什么事让它觉得很丢脸似的。

看来真相还在后头，李杏儿继续看下去——

白眼狼扔下婴儿，拼命挤出细长的峡谷，身体两侧挤出了斑斑血痕。它顾不得疼痛。奔逃中，它听到身后传来砰的一声枪响，接着是一声惨叫："呦——"它的身体剧烈地抖了一下，觉得自己一定中枪了。它逃出峡谷，累瘫在峡谷口，上气不接下气地喘息着，并低头察看身上的伤口——可除了身体两侧的擦伤，除了被猎神爷打中的右后腿上的枪伤，它找不着别的伤口。

白眼狼欣喜若狂，庆幸不已。想到猎神爷的凶狠，它咬牙切齿，发誓有朝一日一定要报这一枪之仇。它想到刚才那一声"呦——"，那声音对它来说再熟悉不过，那是鹿鸣，它甚至还听出了是母鹿的叫声。难道猎神爷打中了一头鹿？

一想到鹿肉的肥美鲜嫩，白眼狼禁不住咽了下口水。它抱着侥幸的心理，瘸着腿，忍着疼痛，爬上了峡谷顶。

从峡谷顶望下去，白眼狼清清楚楚地看见了在那儿

发生的一切。

　　白眼狼亲眼看到无辜的母鹿倒在血泊中，痛苦地生下小鹿；看到鹿灵钻进小鹿的身体，把善良纯真的小鹿变得无比怪异邪恶；还看到小鹿奔下山，诱惑金枝儿上山，把他变成了人脸鹿身的怪物——

　　白眼狼目瞪口呆，张着的嘴半天合不上。它站在高高的峡谷顶，第一次看到一头鹿倒在血泊中，而捕猎者与被杀者都不是自己。也就是说，白眼狼是第一次以旁观者的身份，经历了一场杀戮。在这之前，它从来没想过自己吃掉一头小鹿或一只兔子是如此的残忍可怕，它认为自己只是在填饱肚子，为了生存的需要。现在，白眼狼被这一幕惊呆了。

　　它就这么一直一直呆呆地看着，直到金枝儿被小鹿诱惑上山，变成了人脸鹿身的怪物，白眼狼惊骇到了极点，觉得这一切太邪恶太可怕了。它突然想到，它曾经把婴儿变成狼孩来挑衅人类，这跟鹿灵把人类变成怪物有什么不一样呢？它们都是一样的邪恶。

狼神的礼物

眼前发生的一切像一面镜子，映照出了它从未发现过的丑恶的自己。这个时候，它忽然想，为什么大自然一定要有杀戮呢？为什么所有的生灵不能和谐相处呢？

白眼狼痛苦地朝天吼了一声："嗷呜——"声音传到很远的山谷，凄厉的声音里满是痛苦。它转身跑下峡谷顶，疯狂地奔跑，它跑了很久很久，终于累瘫在地。过了一会儿，它睁开眼，发现四周聚集了很多绿油油的眼睛，原来它跑回了狼穴，狼群围在它身边，等待它发号施令。

白眼狼没有理睬它们，它实在是太累了，闭上眼睛，睡了长长的一觉。

它醒来后，感觉头脑前所未有的清醒，它知道自己要做些什么了。狼群派代表来询问它需要准备哪些食物，因为秋天到了，冬天也不远了，如果大雪封山，它们会很难找到食物。它沉默着走出山洞，什么话也不说。

狼群跟着它，漫无目的地走。它们发现狼王的脸色

花冠村的秘密

很难看，简直像有一堆乌云堆在脸上，快刮起暴风雨了。

白眼狼带着它们来到一块巨大的悬岩前，停下来。它抓起一块尖利的石头，爬上悬岩，在悬岩上刻画起来。

它似乎是天生的画家，刻了不一会儿，就画出了它想要表达的内容。一天，两天，五天，十天……就这么着，一幅幅离奇的岩画出现了。

白眼狼画完岩画后，把所有的狼召集起来，要它们牢牢记住：为了活下去它们不得不去捕猎，但从今往后，绝不能像现在这样轻易地去杀戮，因为所拥有的一切都是大自然的馈赠，如果只图享乐，终有一天，大自然会发怒的。

白眼狼说："我们狼族天生是吃肉的，这是世世代代流传在我们血液里的基因，就算我们不想吃肉，我们的每一滴血液、每一根骨头、每一根毛发也会提醒我们去追逐，去厮杀，去用爪子撕掉每一片肉……"

狼神的礼物

狼群里响起一片咽口水声,它们抖了抖身上的毛发,精神愈加振奋,狼王似乎要带它们去追逐一顿美食大餐了。

白眼狼说:"可是,你们要记住——"

其中有几头狼失望地低嚎了几声,它们知道这"可是"后面意味着什么。

白眼狼继续说:"你们要记住,我们是抓过鹿,吃过鹿,但是从现在开始,狼族不能再碰鹿的一个角、一根毛,听清楚了没有?"

这群孤独而高傲的家伙长久地沉默着。

这是一种很可怕的沉默,可能意味着默认,也可能意味着反抗。白眼狼很强大,强大到只需要冷哼几声,其他的狼就会被吓得趴在地上俯首称臣。可现在狼王却被一头母鹿的死震惊到声称从今往后不再吃鹿肉,那么它们还有什么理由对它俯首帖耳呢?

一匹愚蠢又不知天高地厚的狼想到鹿肉的肥美细嫩,口水嗒嗒地落在地上,它尖着嗓门说:"鹿肉这么

肥美,我可以发誓不碰鹿的一个角、一根毛,但我可以吃它的肉吧?"

白眼狼示意它上前,愚蠢的狼跑上去,以为会得到什么奖赏。白眼狼让它再靠近一步,蠢狼又得意扬扬地跑近了一步。

白眼狼扬起爪子一挥,所有的狼还没看清是怎么回事,愚蠢的狼就从地上飞向空中,在空中画出一道优美的圆弧线,消失在遥远的山谷中。蠢狼悲惨的嚎叫声在山谷中久久回荡。

然后,众狼沉默着屈服了。

白眼狼封王

白眼狼召集狼群，命令它们从今往后不能再吃鹿，并且命令狼群立刻出发，寻找被鹿灵驱使的小鹿，还有与母鹿身体合为一体的人鹿怪物。

狼群翻遍了花冠山区大大小小的山头，搜查了每一处隐蔽的山洞，终于找到了饥肠辘辘的人鹿和小鹿，它们正在啃一根没肉的野兔骨头。

看到眼睛闪着绿光的狼群，人鹿和小鹿吓得张大了嘴，连呼救声也发不出。

鹿灵的声音在提醒小鹿：不要怕，它不会杀你，更不会吃你。因为是我代替了它去死，所以它对我的死怀

有愧疚。记住，接受它对你的好，这是你应得的，并且无须回报。

白眼狼把小鹿和人鹿带到身边，用野鸡肉和板栗把它们喂得饱饱的。吃饱喝足后，它们睡了长长的一觉。醒来后，白眼狼告诉它们，从今往后，它们得生活在它的视线之内，如果走远了，听见它的呼唤就得赶回来。

人鹿不知道为什么白眼狼会这么关照它们，但在这片山区里，老虎已经老了，白眼狼实际上已经是森林之王了，所以山里的其他动物都默认这两头鹿是狼群中的奇特成员。

人鹿发现，狼们会用绿油油的眼睛盯着它们，喉咙里发出咕咚咕咚的声音。它觉得很奇怪，就问小鹿原因。鹿灵的意识告诉小鹿，从今往后，狼族不再会侵犯鹿，它尽管放心大胆地跟狼在一起，直到猎神爷上山猎杀人鹿。于是小鹿开玩笑似的告诉人鹿，狼的脖子里有一口泉眼，那是泉水流动的声音。

白眼狼躲在山洞里，考虑它将面临的难题。

狼神的礼物

它的终极目标是取代老虎成为森林之王。为此，它不断地修炼，捕食最凶猛的猎物，翻越最陡峭的山岭，蹚最湍急的溪流，为大大小小的地盘与众多对手搏斗厮杀、血战到底，终于霸占了一堆重要的山头，练出了一身硬本事，成为这片山林一呼百应的狼王。

两头鹿混迹于狼族，成为狼族的一员，这对整片山区来说都是一件相当怪异的事。老虎、豹子、野猪、熊等肉食动物很生气，因为规矩一旦被打破，就可能会威胁到它们以后捕食鲜嫩肥美的鹿肉。

从古至今，老虎是无可置疑的森林之王。可要命的是，在花冠山区的丛林里，老虎已不足十头，并且虎王已越来越老，有动物亲眼看见它的牙齿都掉光了，只能吃玉米糊之类的食物。

作为森林之王，老虎早已徒有虚名了。

当豹子、野猪和熊找到老虎时，它正在喝一盆玉米糊，因为不硌牙。老虎见它的朋友们来了，赶紧把饭盆藏到身后，还抹了抹嘴角。豹子、野猪和熊倒是没发现

森林之王在吃什么，它们焦急地把白眼狼收留了两只鹿的消息告诉了老虎，并期待它能拿出往日的雄风，带它们去找狼算账。

老虎果然愤怒了，它顺手拿出身后的盆子，重重地一摔，玉米糊糊溅了豹子一头一脸。"反了反了，白眼狼还把我这个森林之王放在眼里吗？走！"

它们穿过森林，朝白眼狼的地盘大张旗鼓地出发。森林里的小动物们从没见过这么多猛兽成群结队在一起，断定发生了很可怕的大事。它们又害怕又兴奋地偷偷跟在后面。

一路上，树叶纷纷坠落，花朵惊慌地合拢花瓣，鸟儿躲在树梢深处不敢吱声，溪水也忘了流动。老虎很得意，它虽然老了弱了，可依然是森林之王。

它们来到白眼狼的山洞，看到有两只小狼在洞口看门，便大声告诉小狼，快去找白眼狼，森林之王驾到了。两只小狼慌忙逃进洞里。

它们蹲在门口，商量着该怎样狠狠地惩罚白眼狼擅

狼神的礼物

自收留两只鹿在狼族的举动，这显然违反了森林法则，准确地说，是违反了老虎制定的法则。

它们等了很久，白眼狼也没出来。野猪称它一定是害怕了，躲着不肯出来。熊也这么认为。豹子怒气冲冲地说："那我们就进去找它算账！"

一个低沉的声音说："不劳您驾，我来了。"

洞口突然出现了两支狼队，每只狼都脸色铁青。从狼队中间慢吞吞地走出来的，是白眼狼，它似乎更高、更大了。那架势、那派头，比虎王还威风十分。老虎和其他动物不由得都倒吸了口冷气，集体退后两步。

白眼狼冷冷地问："找我有什么事？"

气势汹汹的挑衅者们互相看了看，最后把目光落在老虎身上。老虎只好向前一步，凶神恶煞地说："听说你收留了两头鹿，有没有这回事？"

白眼狼不说话，看着老虎，目光深沉而冰冷。

老虎又说："你们是狼，怎么能收留鹿呢？狼跟鹿生活在一起是违反森林法则的。"

白眼狼还是没说话。

老虎严厉地说:"不过我觉得这是谣言,狼怎么可能跟鹿在一起呢?大家听好了,从今往后不许再传谣言。要不然,我会狠狠惩罚传谣言的家伙!"

白眼狼开口了:"这不是谣言。"它一摆脑袋,人鹿和小鹿就从山洞里出来了,嘴里还嚼着好吃的。两只鹿一看见老虎,就吓得直哆嗦,不敢再上前。

看见鹿的畏惧,挑衅者们的斗志又昂扬了。豹子大吼一声,野猪一脑袋拱掉了一棵大树,熊一巴掌拍死了几只飞来飞去的苍蝇,老虎更是张开血盆大口,好像在等待一顿美餐送到嘴边。

白眼狼冷冷一笑:"你们想要干什么?"

豹子说:"你必须把鹿赶走。"

野猪说:"鹿不能跟狼在一起。"

熊说:"要不然以后全乱套了。"

它们气势汹汹地嚷嚷着,两头鹿准备逃回洞里,白眼狼喝止了它

狼神的礼物

们，要它们站在这里看。

老虎说："你是狼王没错，可你别忘了，你并不是森林之王。森林之王在这里——"它傲慢地指了指自己的鼻子。

白眼狼走到老虎的眼前，跟它大眼瞪小眼。

白眼狼说："现在，你觉得狼王跟森林之王的距离还远吗？"

老虎愣住了，白眼狼分明就是蹬鼻子上脸，自己森林之王的面子还往哪儿搁？

暴躁的豹子忍不住了，它大吼一声，朝狼队扑去。很快便有几只小狼被它扑倒。野猪和熊也扑上前。一场恶战拉开了序幕。

两边的动物厮杀扑咬，吼叫声响彻四方，一时间尘土漫天。偷偷围观的小动物们吓得瑟瑟发抖，小声议论着哪一方赢了，它们就投靠哪一方。很多动物都不看好狼族，毕竟它们的势力还不够强大。

白眼狼的皮被撕掉了，肉都绽开了，鲜血直流。它

年轻气盛,可毕竟经验不足,还是倒在了老虎爪下。老虎虽然老了,可在豹子等其他动物的助攻下,还是击败了狼。

老虎摁住狼,扬扬得意地说:"是你自己把鹿赶走,还是我们把它们吃掉?"

两只鹿贴着洞壁,抖成了一团。

白眼狼透过淌着血水的眼睛,看到老虎没牙的嘴、豹子们凶狠的模样、倒在地上受伤的狼群,以及恐慌的鹿,它深深吸了口气,成王败寇就在此一举了,要么从今往后俯首称臣,要么成为新的森林之王。

白眼狼伸长脖子,朝天发出凄厉的嚎叫,声音之响,几乎震破了老虎的耳膜。

接着,白眼狼突然从老虎爪下挣脱出来,神勇无比地扑向老虎。它把此前没有用足的勇气和力量全拿出来了,雪白的獠牙像一把短剑,刺向老虎。轻敌的老虎措手不及,脖子被刺了一个大窟窿。

狼群一拥而上,嚎叫连连——

花冠村的秘密

这场战斗的终极结果是,老虎那一方落败了。老虎的脖子差点儿断掉,豹子瞎了一只眼,野猪缺了前蹄,熊被扯掉了尾巴。

白眼狼蹲在高高的洞顶,浑身淌着光荣的鲜血,在狼群、两头鹿以及其他森林动物面前,接受了败者的道歉,并戴上了老虎奉上的王冠——从此,白眼狼由狼王成为森林之王了。

白眼狼对着大山宣布:鹿类可以与狼族共处。不仅如此,只要大家愿意,整片森林的动物都可以和平相处。

这样过了一段时间,白眼狼练出了一身硬本事,他最大的本事——驱灵。

弱肉强食,适者生存,每一种生物随时随地都面临着另一种生物的捕杀,比如草被兔子吃掉、兔子被狼捕食、狼被猎人追杀……大山里时时刻刻潜藏着死亡的威胁。

死亡又导致了亡灵的报复。报复的方式多种多样:

狼神的礼物

有的亡灵夺走了被侵袭者的生命，有的亡灵把被侵袭者搞得疯疯癫癫，有的亡灵把被侵袭者变成魔鬼……鹿灵就是把小鹿变成魔鬼的一种亡灵。

白眼狼学习驱灵，就是想把邪恶的鹿灵从小鹿的身体里驱赶出来，让亡灵安息，还小鹿纯真天性；同时让金枝儿与母鹿身体脱离，还他人类的身体和灵魂。

于是，白眼狼去花冠村偷鸡摸狗，试图把收枪已久的猎神爷引上山，让他看到岩画上的真相。它想让猎神爷亲眼看见自己的孙子从鹿变回人。这只特立独行的白眼狼还想用狼族的力量解开鹿灵与猎神爷，或者说与人类之间的恩怨。可让它感到惊诧的是，追踪了它很多年的猎神爷居然声称宁可让狼吃掉全村人，也不想出手。白眼狼想破脑袋也想不通，这位结怨多年的死对头怎么会轻易放过自己……

岩画上的故事到这里就结束了。

李杏儿看到这里，一阵浓重的睡意袭来，她脑子里

还在不停地转着：白眼狼想把猎神爷引上山，告诉他所有的真相。小鹿想把猎神爷引上山，目的是让猎神爷亲手杀了人鹿，也就是他的亲孙子金枝儿，结果搅进这段恩怨里的是她和楝树儿——楝树儿现在怎么样了？睡意太强大了，李杏儿昏倒在草地上，沉沉睡去。

白眼狼也疲倦极了，今天发生的一切对它来说也是一场奇遇。它蹲下，休息起来，可耳朵还是直直地竖着。

人鹿醒来，感觉肚子有点儿饿了。它走到李杏儿的身边，嗅了嗅她的气味，张开嘴要咬她的手。它闻到了一种既陌生又熟悉的气味，它很久没有闻到人类的气味了，这种奇特的气味让它觉得很新奇。

它看着李杏儿，从眼睛、鼻子、嘴巴一直看到她的脚趾。也许是天性使然，它越看越觉得她很熟悉，就像自己的身体一样熟悉——这让它没法下嘴，因为很少有动物会饿到啃自己同类的手脚。

人鹿金枝儿惊奇地凝视着李杏儿，回想起了模模糊

糊的往事。

它隐约记得,很久很久以前,它和一个小女孩、一个小男孩在一个村子里玩,那个村子四周开满了白色的油茶花,终年散发着油茶花的甜美和油茶叶的清香。他们从一个山头跑到另一个山头,采摘最好看的野花、最香甜的野果。他们夏天在溪流里游泳,冬天在雪山上打雪仗……记忆渐渐模糊,人鹿晃了晃脑袋,想让回忆变得清晰点儿,却更模糊了,现在,它眼前的只是一个陌生的人类。

此时,小鹿从远处飞奔而来。

小鹿跑到悬岩边,看到白眼狼在沉睡,人鹿凝视着睡梦中的人类,它们都一动不动,月光下的山地安静得像无风时的海面。

人鹿听到动静,抬起头,对上小鹿的眼睛。

小鹿的眼睛不再纯真无邪,而是充斥着阴郁凶暴,这种神色不像是属于鹿的,更像是属于狼的。

人鹿和小鹿之间,开始了只有它们才懂的交流。

花冠村的秘密

人鹿说:"来了一个客人,长得好奇怪,她是鹿还是狼?"

小鹿说:"她不是鹿,也不是狼。她是人。"

人鹿说:"人是什么?她喜欢吃草还是吃肉?"

小鹿想了想说:"人是一种很坏很坏的东西,他们喜欢吃我们的肉。他们不喜欢吃生肉,喜欢吃熟肉,把我们放在火上烤,把我们的身体烤出一滴一滴的油,滴到火里,散发出他们称为很香很香的气味……"

人鹿全身颤抖起来,脸色惨白惨白的。有一年森林发生野火,它奔逃时不小心烫着。白眼狼把它救回来,告诉它这叫火,一种会燃烧的艳丽的红色之花,如果落进火里,任何生命可能都会没命,所以必须远离这种艳丽的红色之花。可奇怪的是,人类虽然有时也受到红色之花的威胁,可更多时候他们能够把火自由地掌控在手里,有了火的帮助,人类的祖先从森林里走出去,成了凌驾于所有动物之上的高级动物。可让所有动物不明白的是,人类慢慢发明了很多工具用来对付其他的动物,

就好像大自然所有的动物都是人类的敌人一样。

"所有的人类都是坏的吗?"人鹿的视线没有离开李杏儿。

小鹿沉默了一会儿,说:"人类没有好的。"

人鹿说要和小鹿联手把这个熟睡中的人类杀死。

小鹿当然不会这么做,鹿灵赋予它的使命是让李杏儿下山传话,引来猎神爷,再让他亲自杀死人鹿。它需要李杏儿活着下山。

它们两个的议论一字不漏地落进了白眼狼竖起的耳朵里。白眼狼微微睁开眼睛,又合上,嘴角浮上一丝不屑的笑。

人鹿说:"人类为什么喜欢吃熟肉?熟肉很好吃吗?那么我们试试把这个人放在火上烤,我去找火,或许森林的哪个角落有野火在燃烧呢。"

小鹿说:"野火很危险,说不定会烧死你自己。趁天还没亮,我们让她下山,回到花冠村去——"

"没错,野火的确很危险,说不定会烧死你自己,还会把世界化为灰烬。"一个声音在它们耳边响起。

人鹿和小鹿扭头一看,白眼狼不知什么时候站到了它们旁边。人鹿和小鹿互相看了看,准备掉头走开。白眼狼喝止了它们。

白眼狼看小鹿的眼神是平和的,它清楚地知道,小鹿的所作所为根本不是出于它的本意,是怨恨的鹿灵驱使它这么做的。

白眼狼温和地说:"你们跟我走,我发现了一片丰美的草地,那儿溪水清澈,草木甘美,你们一定会喜欢的。"

白眼狼说完就朝前走去。人鹿和小鹿互相看了看,也跟了上去。白眼狼从来没有凶过它们,它给它们好吃的好喝的,保护它们不被别的动物袭击,可不知为什么,只要看到白眼狼那冷冷的眼神,它们就会感觉后背发凉。

狼神的礼物

人鹿和小鹿跟在白眼狼后面奔跑。

它们在一起生活了五年，虽然不算同类，有时还会为一点儿吃食而争吵，但还是能友好相处的。对人鹿来说，只要吃好睡好，世界就很美好。对小鹿来说，它时时会感觉这个世界对它太不友好，四周随时潜伏着突然袭来的危机。有时吃着吃着，睡着睡着，它会突然惊起，好像被一颗子弹击中。小鹿很惶惑，明明四周很安静，还有白眼狼在保护着它。

其实小鹿不知道，是潜伏在它身体里的鹿灵在捣鬼，邪恶的鹿灵携带着猝不及防的死亡阴影，融入了它的血液。

小鹿还发现，白眼狼会长久地打量它，目光沉重，眉头紧皱，好像在研究它身上哪一部分的肉更鲜美，好像自己的存在给它带来了大麻烦。小鹿想逃离白眼狼的掌控，可不管它逃得多远多隐蔽，白眼狼总是能把它找出来。

每当小鹿想跟着人鹿跑时，身体里就有一个声音警

告它：你不能去，你必须这么做，你必须那么做——

现在，身体里的鹿灵向它发出这样的指令：你跟上去，然后……

小鹿猛然加快了脚步，越过了人鹿。

人鹿说："好奇怪，你怎么突然跑得比我快了？"

小鹿说："我闻到草地的气息了，比蜜糖还要甜美，我们一定会喜欢的。"

白眼狼时不时回头低声呼唤。它们奔跑在朝阳即将升起的大山里。

它们越过崇山峻岭，越过密密丛林，越过溪流浅滩……白眼狼要带它们去的那片丰美的草地并不遥远，它之所以跑了那么多路，是想把它们绕晕，这样它们就搞不清李杏儿的方位了。

它不想它们受伤，一丁点儿也不能伤到。要不然当初为什么救它们呢？

它们终于到了那片草地，那里果然如白眼狼说的那样，溪水清澈，草木甘美。

狼神的礼物

灌木丛林里的小动物看见白眼狼，惊惶地四下奔窜。片刻后，丛林一片静寂，只有溪水里的鱼虾好奇地探出头张望。

白眼狼说："你们待在这里，这里的东西足够你们吃喝的。我要出去一阵子。"

小鹿默不作声，低头吃草，看起来很听话的样子。

人鹿问："你去哪儿？去多久？什么时候回来？回来的时候还待我们好吗？"

白眼狼说："或许一会儿，或许几天，你们不要乱走。"它说完转身就走了，走了一段路回头看它们。

人鹿已开始欢天喜地地吃起草来，顺便追逐一只惊慌的小松鼠。

白眼狼和小鹿对上眼，看了一会儿。白眼狼冲它点点头，小鹿也点点头，彼此很默契似的。白眼狼朝前奔去，很快消失了。

人鹿一边吃草，一边吧唧嘴，感叹着这草太好吃了，比肉还好吃，又鲜又嫩。白眼狼对它们真是太好

了，比亲妈还好。

突然人鹿尖叫一声，提起疼痛的蹄子，惊慌失措地看着小鹿。小鹿慢慢地收起蹄子。人鹿这时才明白过来，它莫名其妙挨了小鹿一脚。

人鹿哭唧唧地问："你为什么踢我？我又没多吃你的草。"

小鹿的声音阴沉沉的："比亲妈还好？你有亲妈吗？知道亲妈有多好吗？你跟亲妈在一起生活过吗？"

人鹿努力地想，自己有亲妈吗？亲妈长什么模样？像白眼狼还是像什么？它再使劲地想，脑海中出现了模模糊糊的影子：一个眉清目秀的年轻女人，抱着一个小孩儿坐在山崖边的石头上，那小孩儿跟自己好像。她哼着好听的小曲儿，眺望山地，那儿有个年轻汉子在挖笋，她指着那方向教小孩儿说话："爸爸，爸爸，爸爸——"人鹿打了个响亮的喷嚏，脑海中的影子消失了。

小鹿说："我带你去个地方，那儿的草比这里的更鲜嫩。"

人鹿犹豫地说:"可是,白眼狼让我们别乱走啊。"

小鹿又举起了蹄子作势要踢它,人鹿赶紧躲到边上,缩起身体:"别别,你别踢我。"

小鹿说:"我知道你很笨,可没想到你越来越笨了。你听着,我们都是鹿,是同类;白眼狼是狼,跟我们不是同类。"

人鹿茫然地看着它,不知它要说些什么。

小鹿继续说:"我们长大了,是时候离开狼族了。不然我们都弄不清自己到底是狼,还是鹿。弄不清自己是什么,是一件很可怕的事。"

人鹿想了想,觉得它说得很有道理,要是弄不清自己是什么,那岂不是把自己弄丢了?弄丢了自己多可怕啊!人鹿朝溪水看去,看见了自己和小鹿的面孔。很久之前,它就发现,它们的身体一模一样,但面孔不一样,那它们到底是同类还是不同类呢?于是,人鹿说出了这个疑惑。

小鹿的脸色一下子变了,它疾言厉色地说:"你有

没有跟我一样的蹄子?"

人鹿看看蹄子,点点头。

小鹿再问:"有没有跟我一样的梅花斑点?"

人鹿看看身上星星点点的梅花斑点,点点头。

小鹿又问:"有没有跟我一样的短尾巴?"

人鹿扭头看看自己的短尾巴,又点点头。

小鹿冷冷地问:"那我们不是同类是什么?"

人鹿恍然大悟,它难为情地低下头,用蹄子抠着草地,它羞愧的时候经常会这样,就像它忘记的,在很久以前,每当做错事时它会咬自己的手指甲。小鹿温和地说:"我们走吧。"

人鹿跟着小鹿朝它说的那个方向出发,蹦蹦跳跳,满心欢喜,一心想着好吃好玩的。

它们顺着来时的路往回走,越过崇山峻岭,越过密密丛林,越过溪流浅滩……一路上,小鹿一声不吭只顾奔跑,人鹿哼着不着调的曲儿。

它们口渴了,便跑到一处溪流喝水。人鹿觉得这水

狼神的礼物

太甜美了，比蜜糖水还好喝。喝着喝着，耳边传来轰隆隆的声音，好像山上有一面大鼓在敲，它们抬头一看，惊呆了——

一股混浊的山洪挟着滚滚泥浆和山石，从山上奔涌而下，朝它们冲来。几天前山上下过暴雨，此时山洪暴发了。小鹿转身就跑，像一支离弦之箭般迅速离开危险地带。人鹿吓呆了，忘了要怎么逃跑。

小鹿在远处大喊，要人鹿赶紧逃跑。它不想它死，它需要它活着。

人鹿却愣在原地，四脚生了根似的扎在地上一动不动。

山洪很快把人鹿卷了进去。在滚滚山洪里，人鹿像一片树叶，很快淹没其中，随山洪朝前冲去。人鹿的求救声也被山洪冲走了。

小鹿呆住了。这时鹿灵的声音在它耳边响起：快去快去，把它拉回来，它不能死，不能死——

小鹿立刻跑回去，人鹿要是淹死了，母鹿就白死

了,鹿灵也就白费力气了,一切努力都将化为泡沫,所以人鹿不能死。

卷在山洪里的人鹿接连喝了几口混浊的水,身体狠狠撞上岩石,疼得它张嘴大喊,又喝了几口水。在它即将被冲向下游时,蹄子意外陷进岩石缝里,怎么也拔不出来,这反而救了它的命。

小鹿跑过来,扔给它一根粗壮的树枝,让它快上来。人鹿紧紧攥住这根救命稻草,一点点把蹄子拔出来。此时,它的蹄子已是血肉模糊了。它再一点点顺着树枝挪过来,终于爬了上来,像个孩子似的扑向小鹿。

人鹿抱住小鹿放声大哭。哭声像人也像鹿:"呜呜呜,哇哇哇,呦呦呦——"

小鹿呆呆地站着,这哭声让它太难受了,它的眼泪也不知不觉滑落下来。当眼泪落下时,鹿灵阴沉沉的声音再一次响起:"不许哭,你的眼泪只能为你的母亲而落。把眼泪擦干,去做你该做的事——"

于是,它硬生生地推开人鹿,冷冷地说:"快起来,

我们还得赶路。"

人鹿呜咽着,指着血肉模糊的蹄子:"疼,好疼。"

小鹿看了一眼,发现腿上的骨头都露出来了。它的心被猛然揪了一把,好疼。上回它摔了一跤,就磕破一点儿皮,都疼得哇哇大叫,何况人鹿伤得这么重。小鹿深深吸了口气,朝一处丛林走去,它闻到了丛林里的草药气味。

鹿灵的声音在耳边响起:"你去干什么?快回来,去你该去的地方,做你该做的事——"

小鹿停下脚步,往身后看去,人鹿躺在地上,痛苦地哼哼唧唧。

小鹿再次朝丛林走去,耳边严厉的声音继续责备它:"快回来,快去做你该做的事——"

小鹿终于说话了:"它受伤了——"

鹿灵说:"这不是你该管的事。"

小鹿说:"要是它伤重而死呢?"

鹿灵沉默着,好像消失了。

狼神的礼物

小鹿走进林子,很快找到了治伤的草药。山林里的动物天生有识别草药的嗅觉。它跑回人鹿旁边,把草药咀嚼好,敷在人鹿的伤口处。

人鹿轻声说:"我走不动了,我们明天再出发,行吗?"

小鹿没回答,它用嘴摘下一片片树叶,铺在地上,铺出了一块柔软干净的草地。然后它扶起人鹿,让它在草地上睡下。

人鹿怯生生地问:"你有没有生我的气?你是不是很讨厌我了?"

小鹿还是没理它,在草地上趴下,闭上眼睛。人鹿也只得趴下。天色一点点暗下来,四周静悄悄的,鸟叫声停了,虫叫声起了,天上出现了淡黄色的月亮。

它们像树木一样静默了很久,一起看着月亮慢慢升高,变大,变亮,洒下清亮的光芒。人鹿忘了疼痛,忘了刚才的恐惧,对着月亮哼起不着调的曲儿。

小鹿一脸漠然,耳朵却竖起听着。听了一会儿它

说:"我们的命运连在一起,你离不开我,我也离不开你。所以,你就老老实实听我的话,跟我走。"

人鹿迟疑了一会儿,乖乖地说:"嗯,好的。"

小鹿转过身,冷冰冰地说:"睡觉,天一亮我们马上出发。"

人鹿又乖乖地说:"嗯,好的。"

小鹿的鼻子莫名一酸,眼睛湿湿的。它狠狠眨了两下眼,命令自己别像小兔崽子似的哭唧唧的,赶紧睡觉,明天还有事要做。

人鹿和小鹿在纱幔一样的月光笼罩下,慢慢地睡去了。

李杏儿被晨光唤醒,睁开眼一看,晨光照耀下,昨夜看到的悬岩就是一块普普通通的悬岩,坑坑洼洼,凹凸不平,谁会知道那上面记录着一段惊心动魄的故事呢?

山风吹来,她打了个大大的喷嚏,猛然想到楝树儿,于是赶紧爬起来朝山下跑去。

狼神的礼物

在她的想象里，楝树儿躺在地上，缺胳膊断腿的，浑身是血，奄奄一息地呻吟着："杏儿姐姐，杏儿姐姐，快来救救我——"或者他已经死了，一群狼在大口大口地撕他的肉，啃他的骨头。

李杏儿的泪水不停地淌下来，心里在喊："楝树儿，楝树儿，我来了，杏儿姐姐来了，你等等我——"

一条溪流横在李杏儿的眼前，溪面很宽，溪水很急，溪底看起来很深。李杏儿猛然收势，朝两边看了看，要想过去需要绕很远的路。她急得鼻尖都出汗了。

忽然，身后传来一阵窸窸窣窣的声音，她回头，只看到茂密的草丛晃动着，好像有什么东西在草丛中爬行。她惊惧地退了几步，腿一软，摔倒在地，差点儿掉进溪沟里。一个狗头露出来，探头探脑地张望了一下，忽然像箭一样冲向她。

李杏儿仰起身，还没喊出声，南瓜已经撞进了她的怀里，又把她撞倒在地。

李杏儿一把抱住南瓜，又想哭又想笑，一个劲儿地

喊:"南瓜南瓜南瓜——"说不出一句完整的话。

南瓜在她怀里又滚又扭,好像要把很长时间没撒过的娇都撒出来。

李杏儿抱着南瓜激动了好一会儿才冷静下来,揪着它的耳朵问:"南瓜,你去哪里了?你知不知道我们好担心?你是不是被白眼狼抓走了?它有没有欺侮你?你饿不饿,有没有受伤?"

南瓜不知道回答哪一句才好,只好使劲晃狗头,表示自己不是被白眼狼抓走的。

李杏儿气得要拍狗头:"这么说你是自己上山玩丢了?你可把我们给害苦了。楝树儿掉下山,现在都不知道是死是活,他要是有个事,我可饶不了你。"

南瓜从她怀里跳出来,用爪子指了一个方向,汪汪叫着朝那边跑去。

李杏儿的心陡然一振,在这庞大的大山、无边的森林里,有了南瓜,她不用再孤军奋战,她有了依靠和希望。

在南瓜的带领下,他们来到一处斜山坡。从山坡高

处看下去，山坡上到处是裸露的沙砾、突起的岩石。李杏儿很绝望，楝树儿要是掉落在这里还能好吗？

南瓜继续朝前奔跑。

李杏儿喊："南瓜南瓜，你去哪儿？楝树儿到底在哪里？"

南瓜停下来，指指前方汪汪叫。李杏儿跑过去一看，山坡脚下有一片草甸子，草甸子上躺着楝树儿。李杏儿飞奔向前。

楝树儿紧闭双目，身上脸上血迹斑斑。李杏儿小心翼翼地靠近，听了听他的呼吸，摸了摸他的脉搏。他还活着，没有缺胳膊少腿，也没成一堆骨头，这已是不幸中的万幸了。

李杏儿不敢惊动楝树儿，捂住嘴，小声地哭起来。她现在是开心得哭了。

她从溪边舀来水，小心地给楝树儿擦血迹；采来野果，挤成果汁喂他……南瓜在旁边蹿来跳去，不时用爪子轻轻挠楝树儿的胳膊腿，试图唤醒他。

李杏儿又从山上采来珍稀的草药，捣成汁给楝树儿敷上、喂服，她跟山妖们学过如何辨别药材，这本事真是用在刀口上了。

忙乎了大半天，她很累了，昏昏沉沉躺在草地上的时候，被南瓜焦急的叫声吵醒。她一看，楝树儿正试图从地上撑起身。

李杏儿赶紧抱住他，楝树儿轻轻叫了声"杏儿姐姐"，就像面条一样软软地趴在了她身上。

李杏儿拍着他的后背，一边悄悄抹泪，一边轻声说："没事了没事了，楝树儿，我在这里，南瓜也在这里。我们都没事了，我们回家，回家。"

到底是小孩子，楝树儿的身子骨就像经历过狂风暴雨的小楝树，风雨过后，阳光一照，抖了抖枝条，根扎得更深了，叶长得更茂了。没多久，他就能起来走来走去了。过了一会儿，他就能蹦蹦跳跳了。又过了一会儿，他竟然能轻快地奔跑了。李杏儿在后面追着喊"小

心，别摔着"。

话音刚落，楝树儿扭头朝山上看了一眼，惊叫一声，就从山头骨碌碌摔下来了，幸亏被南瓜及时挡住。楝树儿的伤口又裂开出血了，南瓜被撞得鼻青脸肿。

李杏儿赶紧扶起他，责备他不小心的话还没说出口，就看见白眼狼站在山岭，孤傲地看着他们。原来，楝树儿是被狼吓到的。

李杏儿气得要找石子儿砸狼，可手上扶着楝树儿，她举着拳头恨恨地骂："白眼狼，你太可恶太可恶了！"

白眼狼没有被她吓到，反而纵身一跃跳下来。南瓜连连后退，又蹿上几步，恐惧而勇敢地冲着狼汪汪大叫。

白眼狼走到楝树儿旁边，蹲下身伏在地上，那意思再明显不过——让楝树儿爬上它的背。

李杏儿和楝树儿吃惊地互相望着，它想对他们做什么呢？经过岩画一事，李杏儿对白眼狼的警惕已经放松了一些。她还没来得及跟楝树儿说岩画的事，她本来打算在回家的路上跟楝树儿好好说说。

白眼狼仰起脖子，深深吸了口气，用粗哑的嗓门咆哮着。

李杏儿和楝树儿差点儿给吓趴下。这只白眼狼到底在嚎什么？它不会是特地找回来，打算把他们吃了吧？

白眼狼有点儿不耐烦，在两个人面前伏下了身子，看起来就和南瓜趴下来的时候一模一样，只是白眼狼长得很高很大，趴下来还有他们的腰那么高。

李杏儿这回看明白了，白眼狼是让他们趴到它的背上呢。但她也看明白了，楝树儿当然不肯上狼背，这不是把自己当肉送上门嘛！

李杏儿把楝树儿挡在身后，警惕地问："白眼狼，你到底想做什么？"

楝树儿从她身后探出头，大声说："我们现在有两个人、一条狗，不怕你！"

白眼狼保持着蹲伏的姿势，一动不动，好像觉得他们一定会听它的话。

楝树儿小声说："杏儿姐姐，怎么办？如果我们不

听它的,它是不是不让我们走,是不是会吃掉我们啊?"

"别怕,有姐姐在。"李杏儿安慰着楝树儿,又转头对白眼狼说,"你又想带我们去哪儿?我们要回家。"

白眼狼沉默了一会儿,它得想个办法让他们听懂自己的话,可一说话,就会损耗它三百年的法力,这法力来得太珍贵,白眼狼一丝一毫也舍不得浪费。可看样子,这两个小鬼麻烦得很,要是不开口,他们恐怕是怎么也不会和自己走的。于是只见一团柔和的蓝光落在了白眼狼的嘴上,又缓缓融进了李杏儿和楝树儿的身体里。这时,白眼狼开口说:"很久以前,狮子是森林之王。后来狮子老了,不再为王。又过了很久,老虎是森林之王。后来老虎老了,也不再为王。又过了很久——"

李杏儿和楝树儿又吓了一跳,白眼狼竟然会说话!李杏儿吃惊得捂住了自己的嘴。原来那团柔和的蓝光就是媒介,通过它,李杏儿和楝树儿才能听懂白眼狼说的话。但楝树儿却被这故事吸引了,他猜道:"你成了森林之王?"

白眼狼说:"成了王,我才知道,王必须很残忍,让森林里的生命遵守自然法则,这样万物才能生生不息。"

李杏儿放下了捂在嘴上的手,重复了一句:"自然法则,什么是自然法则?"

白眼狼说:"植物在春天发芽,夏天开花,秋天结果,冬天凋零。动物在春天苏醒,夏天捕食,秋天换毛,冬天休眠。一切生老病死井然有序,这是上天赋予的生命规律、自然法则。如果死去的生命心存怨念,甚至把怨恨的种子传递给下一代,那就打破了自然法则。"

李杏儿恍然大悟,想了想说:"那么,你的意思是你想重新恢复自然法则,让生的归于生,让死的归于死?"

白眼狼点点头:"你比我之前遇到的人聪明多了。"

李杏儿停了停说:"如果你真能这么做,就不愧是森林之王了。"

楝树儿迷茫地说:"杏儿姐姐,你跟它在说些什么啊?我怎么一句也听不懂。"

李杏儿一时说不清,就用严肃的口吻说:"白眼狼

狼神的礼物

你听着,你好好背着楝树儿,要是他有半点儿闪失,我会找你算账。楝树儿,快上去,我和南瓜都在你身边,它不敢怎么样的。"

楝树儿犹犹豫豫地爬到白眼狼的背上。一趴上,他就觉得自己像趴在一张软绵绵的床上,一点儿也不像是坐在凶残可怕的狼身上。

楝树儿想了想说:"你以前背过我这样的小孩吗?"

白眼狼继续跑着,一声不吭。

楝树儿拍了下它的屁股:"跟你说话呢!"

白眼狼粗声粗气地说:"我最讨厌有人拍我屁股。你以为谁都有资格让我背?这不是送上门来的肉嘛。"

楝树儿一惊:"什么?你真把人家吃了?放我下来,快放我下来。"

白眼狼跑得更快了,楝树儿不得不抱紧它的脖子。李杏儿和南瓜小跑着跟在后面。

白眼狼说:"抱紧了,不然你会摔成肉饼。"

楝树儿嘟哝着:"摔成肉饼,也比被狼吃掉好。"

白眼狼身上的毛忽地一根根竖起来,扎得楝树儿一阵刺痛。他揪着狼毛惊慌直喊:"好疼好疼!"

白眼狼憋了一会儿,长长地吐出一口气,温和地说:"狼从来不吃好孩子。"

楝树儿连忙说:"我是好孩子,真的,不信你问杏儿姐姐——"

白眼狼说:"那就行了。睡一觉吧。"

楝树儿说:"这大白天的,睡啥觉——"话还没说完,他的脑袋就一摇一晃,上眼皮搭住下眼皮,迷迷糊糊了。睡着之前他想,白眼狼还不赖嘛。

南瓜一边跑,一边死死盯着白眼狼,唯恐它对楝树儿下手。跑了一程,南瓜感觉白眼狼没那么可怕了,就放开胆子找话聊。当然,它用的是兽类之间通晓的语言。

南瓜说:"喂,那个那个,白,白,白眼狼,你平时喜欢吃什么啊?"它心里的小算盘是,问出狼吃不吃狗肉。

白眼狼横眉怒目道:"肉。"

南瓜哆嗦了一下说:"那那那,你吃哪种肉啊?"

白眼狼说:"啥肉都吃。"

南瓜有点儿绝望了:"就没不吃的?"

白眼狼冷冷地说:"三种肉不吃,老的,刚生的,还有——"

南瓜急急地问:"还有哪种?"

白眼狼说:"胆小鬼的。"

南瓜又害怕又着急,不想被狼吃掉,它就得承认自己是胆小鬼,可又有谁会承认自己是胆小鬼啊?它结结巴巴地问:"难道就没有第四种吗?"

白眼狼边跑边转过脸,对它龇出牙。南瓜吓得摔了一跤,它赶忙翻身起来,跑到李杏儿身边,冲着白眼狼狐假虎威地汪汪叫。

李杏儿说:"南瓜,你跟它嚷嚷啥啊,跑快点儿。"

现在,李杏儿对白眼狼放下了大部分的戒心。她感觉,白眼狼也不是那么坏的,而且,它还会说话。它说话虽然粗声粗气,可却像一个长辈,完全没有一丁点儿的可怕。李杏儿心想,白眼狼还不赖嘛。

他们继续在山路上奔跑,绕过一片老藤盘结的森林,白眼狼猛然停下,跑得起劲的南瓜来不及收脚,哧溜一下滑倒在地。

南瓜起来后冲着白眼狼嚷嚷:"你你你为什么老是害我?以大欺小,你以为很了不起吗?"

李杏儿抱起南瓜,安抚地拍拍它。白眼狼目光阴沉地盯着前方。有人从树丛背后走出来,手里端着猎枪,直直地对准白眼狼。白眼狼一步步往后退。

李杏儿高兴地喊:"李辣椒,你什么时候来的?"

李辣椒一声不吭,看都不看她,只死死地盯着白眼狼,一副咬牙切齿的模样。

李杏儿说:"喂,李辣椒,我是你小姑李杏儿,你别乱开枪。"

白眼狼背上的楝树儿抬起头,看见李辣椒的枪正对准白眼狼,也就是对准自己,他赶紧喊:"李辣椒,你别开枪,我在这儿,我在这儿呢!"

李辣椒目光阴沉:"我要对付的是白眼狼,无关的人都离开——"

南瓜冲着他气势汹汹地叫了几声,李辣椒的枪口一晃对准它,南瓜赶紧躲到李杏儿背后。

白眼狼扭头对楝树儿低声说:"抓紧我的脖子。"

楝树儿紧紧抱住它的脖子。

李杏儿说:"李辣椒,小姑警告你,你不能伤害白眼狼。"

李辣椒义正词严地说:"我打白眼狼,是为了给花冠村的鸡鸭报仇,给花冠村的猎人们争回面子,给死在白眼狼魔爪下的生命讨个公道。小姑你别管这事儿,赶紧带楝树儿下山回家,枪子儿不长眼,伤着你们可不关我的事儿。"

楝树儿说:"你胡说八道,你才不是为了报仇,你

花冠村的秘密

是为了卖狼皮,吃狼肉!你每年卖好多动物皮,家里还有十几张黄鼠狼皮、獾皮、狸猫皮呢。"

李辣椒恼羞成怒,枪口对准楝树儿:"小子胡说八道,当心我一枪崩了你。"

李杏儿喊:"白眼狼,快跑。"

白眼狼朝山上蹿去,李辣椒对着他们的背影开枪,李杏儿捡了根树枝打他。李辣椒恼怒地转过身,举起枪托朝李杏儿砸去。

南瓜冲上来,对准李辣椒的腿狠狠咬了一口,咬得他抱脚跳起来。李杏儿和南瓜缠住李辣椒,给白眼狼拖延时间。李辣椒对准南瓜开了一枪,南瓜尖叫一声,倒在地上。

李杏儿抱起南瓜,李辣椒趁机追击白眼狼。

白眼狼背着楝树儿跑得太快,把楝树儿给颠了下来,重新背起后,再不敢跑快,只得拣平坦的山路跑。这正好给了李辣椒很好的射击条件。

子弹在白眼狼身后嗖嗖直飞,它的右后腿曾经吃过

狼神的礼物

猎神爷一枪，现在左后腿又中了一枪，连带着楝树儿一起摔倒了。楝树儿被抛得远远的。

李辣椒蹿上前，掏出绳子，麻利地绑住了白眼狼。

楝树儿从地上爬起，忍痛跑过来，冲着李辣椒又哭又骂。

李辣椒又掏出一根绳子，把楝树儿绑在树上，说："楝树儿，我本来不想绑你，可你叽叽呱呱太烦了，比麻雀还烦。放心，下山后我会找人来接你的，因为我得谢谢你，要不是你，我还真逮不住这白眼狼呢！"

楝树儿挣扎哭喊道："死李辣椒，臭李辣椒，你快放开我，放开白眼狼，它是好狼，最好最好的狼，你不能伤害它。李辣椒，快放开我们——"

李辣椒拉起绳子拖着白眼狼，得意地唱着山歌下山去了。

猎神爷要报仇

李辣椒的子弹擦着南瓜的屁股飞过,南瓜捡回了一条狗命。

李杏儿采来草药,敷在南瓜的屁股上,轻声安慰它。南瓜呜呜地叫着,痛骂李辣椒的心狠手辣,诉说它的百般委屈。

李杏儿说:"南瓜,不要伤心,这笔账我们记下了。回到花冠村,我们跟九公公说,一定要狠狠惩罚这个李辣椒。"

她望着四周的山谷,忧心忡忡地想:"不知道白眼狼和楝树儿怎么样了,还有人鹿和小鹿怎么样了。"她

狼神的礼物

思索了一下说:"这样吧,南瓜,我们分头行动,我去找白眼狼和楝树儿,你下山通知猎神爷,让他赶紧上山,说有金枝儿的消息了。"

李杏儿找了片阔大的树叶,在叶片上刻了几个字:"李辣椒要杀狼,金枝儿在山上",让南瓜咬在嘴里。南瓜扭动着受伤的屁股,一瘸一拐地跑下山。李杏儿看着它滑稽的样子,破涕为笑,擦掉眼泪,转身往山上跑。

南瓜颠着屁股往山下跑,每动一下,屁股就拉着扯着痛,可这回连痛都不能喊,因为它嘴里叼着叶片,叶片上可有重要消息啊!

跑着跑着,南瓜看到迎面跑来一条高高大大的狗——那魁伟的身材、威猛的气势、帅气的面庞,简直太像它心目中的偶像虎豹了!

虎豹?!南瓜赶紧停下脚步,瞪大眼看,真是虎豹啊。

虎豹迈着潇洒不凡的步子,冲着南瓜大吼一声,把它震得抖了两抖。

虎豹问:"胆小鬼,你在这里干什么?"

南瓜说:"我不是胆小鬼,我是南瓜,我给猎神爷送信。"

虎豹说:"送信?我不信,你能干啥正事儿?"

南瓜说:"你别小瞧人,不,别小瞧狗,别狗眼看狗低。"

猎神爷出现了,他看见南瓜有点儿吃惊:"南瓜,你怎么在这里?你没被白眼狼抓走吗?李杏儿和楝树儿呢?"

南瓜蹿上去,把嘴里的树叶递给猎神爷,得意地瞟了虎豹一眼,意思是,你看我干的是不是正事儿。

猎神爷接过树叶,看着这几个字,手在颤抖,嘴唇也在颤抖,他慢慢地蹲下身,捂住眼睛。猎神爷哭了。

虎豹不明白发生了什么事,它觉得是南瓜带来的消息弄哭了猎神爷,它蹿到南瓜面前,伸出爪子吼道:"混蛋,你弄哭了猎神爷,我要揍你!"

南瓜结结巴巴地说:"没有没有,是李杏儿让我带

信来的,我不知道发生了什么事啊。冤枉啊,虎豹哥,虎豹叔,不,虎豹爷。"

虎豹举起锋利的爪子朝南瓜屁股拍去,南瓜吓得连声惨叫,这一爪子下来,还不得把它还没愈合的伤口给拍烂了。

猎神爷及时喝住虎豹。虎豹的爪子中途一拐,落在南瓜另一边没受伤的屁股上,重重地拍了下。

猎神爷说:"南瓜,带我们去找李辣椒。"

南瓜赶紧屁颠颠地往山上跑,受伤的屁股一扭一扭的。虎豹轻蔑地扫了它两眼,冷哼一声。南瓜觉得这辈子的脸都丢光了,还是在自己最崇拜的偶像面前。

它想给自己挽回一点儿面子,便虚张声势地说:"你知道我这屁股是怎么受伤的吗?我是在跟白眼狼搏斗的时候受的伤,这是光荣的伤疤,你知不知道?白眼狼要咬李杏儿和楝树儿,我哪能眼睁睁看着不管,要不管我还能算狗吗?我就勇敢地冲上去——"

突然,猎神爷大叫:"南瓜,站住!"

狼神的礼物

南瓜急忙停下,猎神爷大步走上来,抓起南瓜,仔细察看它的伤口。南瓜扭着身体,在它的偶像虎豹面前让人抓住看屁股,这实在是很难为情的。可虎豹扭过头,看都不看它一眼。南瓜又觉得有点儿失落。

猎神爷说:"这枪伤是不是李辣椒打的?"

南瓜愣住了,它刚夸口说伤口是跟白眼狼勇敢搏斗才有的,怎么能改口呢?于是,它支支吾吾起来。

猎神爷说:"李辣椒是不是上山了?"

南瓜很惊诧,猎神爷太神了,咋知道这事?它只得点点头。

虎豹骂道:"不要脸,撒谎精。那树叶上写着字呢,你睁眼说瞎话。"

南瓜真希望现在地上能出现一个地洞,它钻进去得了。

猎神爷说:"这李辣椒从来不会干好事。南瓜,你快带我们去找他。"

南瓜精神一抖,觉得还有在偶像虎豹面前挽回面子

的机会。它使劲嗅了嗅地上的气味，朝山上蹿去，连屁股疼痛也顾不得了。猎神爷和虎豹紧紧跟着。

虎豹的能力显然远在南瓜之上，跑了一程，在南瓜茫然四顾的时候，它已经嗅到了李辣椒的气息，随即冲到南瓜前面，朝南面一个山头跑去。

在一处山坳，他们碰到了正歇脚的李辣椒和他的猎物白眼狼。李辣椒没想到白眼狼如此之重，拖着它简直像拖着一块巨大的岩石。可这是一块财富岩石啊，他怎么舍得丢掉？于是他拖一阵，歇一阵，再把白眼狼骂一阵，骂它死沉死沉的。白眼狼则像一块沉默的石头，任凭他折腾。

李辣椒骂了一阵子，忽然听到有狗叫，抬头一看，虎豹正蹲在他面前的一处高坡上，凶神恶煞一般，虎视眈眈。

此前李辣椒吃过虎豹的亏。有一年猎神爷打了一头野猪，全村人都分到了猪肉，唯独没有他。这让他气得跳脚，觉得猎神爷看不起他。他又气又馋，于是半夜里

狼神的礼物

偷偷摸到猎神爷家,刚偷了一块猪肉走到门口,背后就响起炸雷般的吼叫——虎豹蹿出来把他撞倒,一口咬住他大腿上的肉,疼得他如杀猪般惨叫,虎豹要咬第二口时,被猎神爷喝止了。猎神爷把那块猪肉扔给他,他仓皇逃离了。自此,他在村子里看见虎豹就绕着走,比老鼠见到猫还害怕。

现在虎豹近在咫尺,眼神里流露出的神情比那天咬他时还要凶狠。李辣椒哆哆嗦嗦地举起猎枪,对准虎豹。

南瓜观察了一会儿,觉得这不是它应该待的地方,一溜烟跑开了。

猎神爷闪出来,大吼:"李辣椒,放下你的枪!"

李辣椒的手一软,举不稳枪了:"猎神爷,您得把虎豹看紧了,它老是乱咬人,上回的伤疤我还没好透呢!"

猎神爷的目光落在地上的白眼狼身上,他瞪大眼,眉头倒竖。

白眼狼看到猎神爷却不慌不乱,只是趴在地上

休息。

猎神爷说:"白眼狼,好久不见,你还活着啊?"

白眼狼轻轻点了下头。

猎神爷拿出那片李杏儿让南瓜捎来的树叶,吼道:"你把我的金枝儿弄哪儿去了?"

白眼狼始终沉默着,一副听天由命的样子。它无所谓的模样激怒了猎神爷。

猎神爷猛地从身上拔出匕首,高高举起:"这树叶上写着,金枝儿在山上,他到底怎么样了?这么多年了,我活要见人,死要见尸!"

白眼狼朝山上看了一眼,发出凄厉的嚎叫,声音传得很远。

猎神爷说:"好,一仇报一仇,我今天要扒了你的皮,为我的金枝儿报仇。"

猎人与狼,注定是天敌。白眼狼原本想用剩余的法力将能够与人沟通的蓝光融进猎神爷的身体里去,这样猎神爷就能听见它说话了,它就能直接带他去看岩画

狼神的礼物

了。可白眼狼转念一想，为了能让李杏儿和楝树儿听懂它的话，它已经耗费了太多的法力，仅存的法力它应该用在更重要的地方。

就在这千钧一发之际，李辣椒扑上去撞向猎神爷。猎神爷猝不及防，手里的匕首飞了出去。

李辣椒护住白眼狼："白眼狼是我的，要杀也得我来杀。您这么乱来，这狼皮还能值钱吗？"

猎神爷冷笑道："李辣椒，你终于暴露出自己的真实目的了。闪开，我和白眼狼的这笔账，今天一定要算清楚。"

李辣椒端起枪给自己壮胆："咱们打猎的都知道，活物比死物值钱，我决不能让你碰我的东西。老家伙，你多少年不打猎了，眼睛还能使吗？手还拿得动枪吗？快闪开，要不然别怪我不客气了。"

虎豹猛蹿上前，李辣椒的手一抖，子弹飞了出去，擦过虎豹的皮毛。

一人一狗激烈搏斗着。猎神爷在一旁冷冷地看着，

他相信虎豹的勇猛。

李辣椒明显落了下风,没几个回合就被虎豹摁在地上。虎豹张嘴要咬他。猎神爷连忙大声喝止,李辣椒再坏,好好教训一下也就够了。虎豹听从主人的命令,松开了爪子。

谁料,李辣椒悄悄抽出匕首,猛然扎向虎豹,正中要害部位。虎豹再勇敢机敏,也挡不住背后暗箭,惨叫一声摔倒在地。李辣椒趁机爬起,端起猎枪对准在血泊里挣扎的虎豹,又哆哆嗦嗦补了一枪。

猎神爷怎么也料不到李辣椒有这么阴险的一招,他抱住虎豹大声喊着。虎豹努力睁开眼睛,张大嘴想说些什么。它想说:"主人,我保护不了你了。主人,我没想到人类是这样的险恶可怕。主人,你一定要小心再小心啊……"

猎神爷悲伤至极,老泪纵横。金枝儿幼时,虎豹就陪他嬉戏玩闹。金枝儿失踪时,虎豹陪着自己走遍了每个山头山沟。金枝儿不在的岁月里,虎豹陪着他度过了

一个又一个伤心的日子……虎豹就是他的亲人,他的精神支柱。金枝儿不在了,虎豹又离他而去,他一个孤老头子活着还有什么意义啊!

虎豹的眼慢慢地闭上。猎神爷轻轻地放下它,拿起枪,转过身。李辣椒早已站在他对面,端着枪死死地对准他。

李辣椒说:"猎神爷,不要逼人太甚。我真不想打死你,你最好还是赶快离开这里,省得浪费我的子弹。"

猎神爷大步上前,拍着胸脯说:"李辣椒,开枪吧,你有本事就开枪!我倒想看看,你还能干出什么丧尽天良的事!"

李辣椒说:"你逼我的,你逼我的——"他哆哆嗦嗦地扣动扳机。

突然李辣椒身体一歪,手里的枪甩了出去,他自个儿也骨碌碌地滚下了山。猎神爷抬头一看,李杏儿、楝树儿和南瓜出现在他面前。南瓜溜走后,找到了李杏儿和楝树儿,带着他们一路赶来。看到猎神爷有危险,南

瓜飞扑上前，把正准备开枪的李辣椒撞倒了。

李杏儿捡起李辣椒的猎枪，一不小心扣动了扳机，子弹嗖的一声飞出去，正中李辣椒的胳膊。

李辣椒疼得抱住胳膊哭爹喊娘："李杏儿，按辈分你不是我小姑吗？哪有小姑打侄子的。呜呜呜——疼死我了。"

南瓜看见虎豹躺在地上，蹿过去拼命地摇它。虎豹一动不动，也不骂它胆小鬼。

南瓜悲伤地叫着："虎豹，你快醒醒。虎豹哥，虎豹叔，虎豹爷，你快醒醒啊，只要你醒了，骂我一百零八遍胆小鬼都行，揍我一百零八回都行，你快醒过来吧，虎豹啊——"

楝树儿跑到白眼狼身边，解开它身上的绳子。然后又用这根绳子绑住李辣椒，李辣椒挣扎着骂骂咧咧。

楝树儿理直气壮地说："你绑了我，还绑了白眼狼，我就绑你一回，你还欠我一回呢。"

李辣椒说："楝树儿你这个混蛋小子——"

棟树儿把他绑得更紧了，痛得他哇哇叫："棟树儿，我的好棟树儿，你快松开我，我给你好吃的好玩的——"

棟树儿找了根藤条，绑住李辣椒的嘴，他呜呜吵着却说不出话来。

猎神爷抹了把泪水，把树叶递给李杏儿："杏儿，这到底是怎么回事？"

李杏儿看看死去的虎豹，再看看从地上慢慢爬起来的白眼狼，它抖了抖身体，身上的毛发一根根竖起，狼的威猛又重新回到了它身上。它对着李杏儿点头示意，李杏儿也对它点点头。

猎神爷看蒙了，李杏儿跟白眼狼怎么像是老友重逢似的，这孩子怎么一点儿也不懂是非善恶？真是小孩子，太不懂事了！

猎神爷说："杏儿，把白眼狼交给我，我一定要给金枝儿报仇。"

李杏儿摇摇头说："猎神爷，我不能把白眼狼交

给您。"

猎神爷一瞪眼:"难道你也跟着李辣椒学坏了?"

李杏儿说:"猎神爷,您别急,也别上火,我带您去一个地方,听一个故事,您就会明白是怎么回事了。"

猎神爷说:"都这个时候了,你还讲故事给我听,你觉得我有这个心情吗?"

李杏儿说:"猎神爷,如果我告诉您金枝儿还活着,您愿意听这个故事吗?"

猎神爷呆了一会儿,才反应过来:"什么什么,金枝儿还活着?真的活着?他在哪儿?在哪儿啊——"

 **迷雾中的真相**

小鹿和人鹿待在山洞里。人鹿还像以前一样,只要有好吃的,就吃了睡,睡了吃,一副胸无大志的样子。

潜伏在小鹿身体里的鹿灵,内心的怨恨久久得不到排解,积攒得越来越浓,越来越重,这让小鹿莫名其妙地烦躁起来。它想喊,想跳,想奔跑,想撕碎、毁灭一切……

与此同时,它的身体还有另一种感觉,它想安安静静地吃草,想躲在树荫下看看落花流水,想听听风吹过树林的轻啸声……

这两种感觉在小鹿的身体里流淌、碰撞、拉扯……

搅得它好难受，既憋屈又烦躁。小鹿很茫然，它不明白自己的身体发生了什么——因为它在慢慢长大，自身的天性与邪恶的鹿灵在厮打，也就是说，善与恶在小鹿的身体里打架，有时候善占了上风，有时候恶占了上风，但不管谁占上风，受伤的都是小鹿。

此时此刻，身体里的鹿灵在驱使小鹿："快去，猎神爷来了，把他引过来，让他的猎枪对准人鹿，让他亲手杀死自己的亲孙子，让他尝一尝生离死别的滋味。"

但另一个声音在说："不能去，你是你自己，你要保持自己善良的天性，你不能被任何东西左右，你要脱离过去的纠缠，重新开始生活……"

这两个声音在它身体里打架。

小鹿在山洞里蹿来跳去，头痛欲裂，烦躁不已。

人鹿吃饱喝足后，躺在地上呼呼大睡。小鹿走到它旁边，盯着它。人鹿让它感觉既熟悉又陌生，它看起来像自己的同类，它长着跟自己一模一样的身体，特别是它背上星星点点的梅花斑点。它在森林里见过很多同

狼神的礼物

类，可没有一头鹿的身上有跟它如此酷似的梅花斑点。

身体里的鹿灵再一次向小鹿严厉地警告："快去，快去，报仇的机会来了……"

这声音越来越响，震痛了它的耳膜，四周岩壁里的草都被这声音吓得瑟瑟发抖，而人鹿趴在地上睡得正香。

小鹿深深吸了口气，伸出蹄子，朝人鹿狠狠踢了几脚。

人鹿被踢醒了，看见小鹿瞪着自己。它不明白小鹿为什么要把自己踢醒，还踢得它这么痛。

小鹿声音阴沉地说："快，跟我去一个地方。"

人鹿想问去哪里，小鹿就已经转身朝山下跑去了。人鹿只得紧紧跟上。

它们跑啊跑，风在耳边呼呼作响。

人鹿忽然听到风中传过来的呼喊声："金枝儿，金枝儿，金枝儿……"

金枝儿是谁？这名字好像在哪里听过，在哪里呢？

人鹿很恍惚,它想停下脚步听得仔细点儿,小鹿严厉地命令它跑快点儿,不然鲜嫩的草和在草间奔跑的肥美野鸡就会被其他动物先吃掉了。

人鹿听了,口水都要流下来了,它紧紧跟上箭一般疾奔的小鹿。

山的另一边,猎神爷一路喊着,声音嘶哑,几近哽咽:"金枝儿,金枝儿,你在哪里啊,我的孩子,这么多年,爷爷一直在找你,活不见人,死不见尸,你躲哪儿去了啊……"

李杏儿带着猎神爷朝悬崖方向走去。白眼狼依旧背着楝树儿,楝树儿跟白眼狼差不多成朋友了。李辣椒被放下山了,李杏儿告诉他,如果他从今往后学着多为别人着想,不再那么自私,那就不会把他这次在山上做的那些丢脸事儿告诉大家。

他们走的时候,猎神爷把虎豹埋在一棵松树下,做了个记号,告诉虎豹,不管找不找得到金枝儿,回来时

狼神的礼物

他都会把它带下山,以后就陪在它旁边终老。南瓜久久地伏在坟前不肯离开,李杏儿好不容易才把它抱走。

楝树儿说:"杏儿姐姐,我们还能找到金枝儿吗?他还能认出他爷爷吗?"

李杏儿说:"不管认不认得,我们都一定要找到金枝儿。"

楝树儿看看走在前面的猎神爷,担忧地说:"那金枝儿还能变回原来的模样吗?要是变不回来了怎么办啊?"

这个问题李杏儿没法回答了,她看看白眼狼,希望它能给出答案。

白眼狼停下脚步,仰望天空。李杏儿、楝树儿和南瓜也跟着抬头望去,他们只看到天空飘过一片平平淡淡的白云,并没有什么奇怪的地方。白眼狼却对天长啸了一阵。

沉浸在悲伤中的猎神爷迅速跑过来,举枪对准白眼狼,厉声道:"畜牲,你想干什么?别在背地里耍

花招。"

李杏儿说:"猎神爷,别开枪,它还要带我们去找金枝儿。"

白眼狼朝前蹿去,楝树儿抱紧它的脖子,南瓜紧紧跟上。

李杏儿使出跟山妖们学来的本事,飞快地跑起来,速度之快令猎神爷大吃一惊。他从小看着长大的李杏儿就是花冠村一个普普通通不起眼的孩子,可现在发生的一切让他觉得她一点儿也不普通。

猎神爷捡起一根树枝撑地,一步步跟在后面。南瓜跑一程,伸着脖子等一程。陪伴多年的虎豹走了,猎神爷的心坍了一半,可李杏儿说金枝儿竟然还活着?! 他那坍了的心又慢慢撑起来,这是真的吗?……

他掐掐老胳膊老腿,很疼,不假。他抹了一把脸,擦去眼角的泪,不管真的假的,先去看看再说吧。

大家来到了悬岩前。猎神爷狐疑地打量着悬岩,那上面坑坑洼洼、凹凸不平，猎神爷愤怒了，他们跑那么远的路，就为了看一块大石头吗？

他们说金枝儿还活着，可他人呢？难不成他们把他藏在石头里了吗？真是荒唐透顶。

李杏儿看出了猎神爷的愤怒，她连忙说，只有等到月亮升起的时候，他的疑惑才能解开。

猎神爷强忍下怒气，心想，再怎么生气，也不能跟小孩子斗气吧，那就等到月亮升起后再说吧。他们望向天空，天色已暗，月亮还没升起。天空乌云密布，这样的夜晚，还会有月亮吗？

白眼狼和南瓜弄来了一堆番薯、萝卜。李杏儿点了一堆篝火，一是取暖，二是点亮。大家围在一起，默默地吃着烤熟的食

物,空气里响起一片咔嚓咔嚓的声音,远远地看,他们更像是一群结伴而行游山玩水的人。

李杏儿担忧地看着天空,如果乌云不散开,如果月亮不升起来,猎神爷还能相信这一切吗?她转身问白眼狼该怎么办。

猎神爷冷笑道:"白眼狼,看你还能耍什么花招!狼,永远改不了卑鄙狡猾的本性。"

白眼狼默不作声地往山上跑去,夜色里,它的身影看上去就像一片乌云在山上飘动。

不一会儿,白眼狼出现在悬岩顶。悬岩本来就很高大,它蹲踞在上面,简直像蹲在半空中,孤独而高傲。

白眼狼伸长脖子,对着天上的乌云,发出了长长的凄厉的嚎叫:"嗷呜——嗷呜——嗷呜——"

静寂的大山瞬间响起了铺天盖地的"嗷呜"声,隐藏在大山和森林里的狼群发出回应,声音响彻四野,绵延不绝。

白眼狼依然蹲在岩顶,一动不动,有如石塑。

花冠村的秘密

这个时候，远在群山另一头的花冠村的村民们听到狼嚎不断，就像它们饿狠了要冲下山来的样子，吓得纷纷关上门。李辣椒下山后，急急忙忙往家赶，一路走一路骂李杏儿和猎神爷，他们竟然这么狠心地对待他。猎神爷不就比他多两把刷子嘛，都这么老了，还能能耐到哪儿去。突然，狼嚎声传来，震得树叶哗哗作响，李辣椒双腿一软，骨碌碌滚下去了。

李辣椒滚啊滚，正好滚到花冠村村口。人们上前一看，他鼻青脸肿，胳膊腿上满是血痕，跟上回上山打白眼狼回来时一模一样。

李辣椒的老婆见他去了这么久，连一根狼毛也没打着，又是这副狼狈模样回家，她真替他臊得慌。她一边骂，一边扶住他，李辣椒哼哼唧唧，身子骨就像被抽走了似的，全身瘫软着任由她拖着往家走。

狼嚎声终于停下了，四周越发静寂。天上的乌云像水一样哗哗地朝四周流去，像被狼嚎声吓跑了似的。云层越来越薄，越来越透，夜空泛出了浅浅的蓝，一轮明

狼神的礼物

月静静地悬挂在浅蓝的天空上。

月光照在悬岩上,悬岩变成了岩画。画面上,有一头狼、一个持枪的猎人,狼在前面跑,猎人在后面追,他们先后经过高山、丛林、溪流……这一切是如此熟悉,猎神爷简直身临其境。他擦擦眼睛,想看得更清楚些。

月亮升得更高,变得更亮了,有如明灯高悬,把天地照得雪白透亮。

明晃晃的月亮地里,所有人都全神贯注地看着这一出画面,这些故事太离奇太不可思议了……

月亮移过山头,越过森林,拂过溪流,渐渐往西边坠去。岩画渐渐隐没在黑暗中。李杏儿看第二遍,依然看哭了。楝树儿抱着南瓜,哭得抬不起头。

猎神爷走到一棵树旁,狠狠地捶了树干一拳。树叶哗哗地掉下来。猎神爷放声大哭,一拳接一拳捶着树身,大声骂着:"该死,该死,该死啊——"

李杏儿连忙说:"白眼狼,你快把人鹿,不,把金

枝儿带过来。"

白眼狼从悬岩上跳下来,一会儿就消失了。

猎神爷坐在树下,捂住脸哽咽道:"要不是我杀了那头母鹿,它就不会找人复仇,金枝儿也不会变成人鹿。是我害了金枝儿,金枝儿是我亲手害的,我才是凶手,我该死,该死的是我——"

李杏儿和楝树儿围在旁边安慰他。

李杏儿说:"猎神爷,您不要太自责了,谁也想不到事情会变成这样。"

楝树儿说:"猎神爷,我见过金枝儿了,他长得壮壮实实,身体特别棒。白眼狼一定会有办法让他恢复原样的。"

猎神爷慢慢地举起猎枪:"这杆枪,这杆枪曾经杀害过多少生命?让多少生命妻离子散,骨肉分离?我——"突然,他举起枪,朝悬岩狠狠拍去。

李杏儿和楝树儿没来得及阻止,猎枪直接断成两截,落在地上。

狼神的礼物

李杏儿喃喃地说:"可是,可是这并不是猎枪的错啊!"

猎神爷看了她一眼,点点头:"对,你说得没错,不是猎枪的错,是手的错。"他从身后拔出了一把匕首,径直刺向右手。

李杏儿和楝树儿眼明手快,楝树儿赶紧抱住他的胳膊,李杏儿趁机夺下刀。

楝树儿快哭了:"爷,爷,猎神爷,不是手的错啊!您把手弄断了,以后怎么吃饭啊?"

猎神爷说:"你也说对了,不是手的错,真正错的是人。"

李杏儿说:"难道您要杀了自己吗?猎神爷,金枝儿要是见到您这副样子,他该会多难过?您有没有为他想一想?"

猎神爷愣住了,随后抱紧脑袋,深深地埋下去,无声地啜泣。

楝树儿觉得他好可怜,一个向来都很威严的老人却

像做错事的孩子一样可怜巴巴的。但他忽然想到那天他和杏儿姐姐去猎神爷家时,他简直就是凶神恶煞。

猎神爷当时还说"最好整个花冠村都被狼吃掉",他怎么能说这样的话呢?这么一想,楝树儿就顺嘴问了他。

李杏儿给他使了个眼色,楝树儿吐了吐舌头。猎神爷抬起头,擦了擦通红的眼睛,朝山下看去,远处是隐隐约约的花冠村。

猎神爷声音嘶哑地说:"五年前,金枝儿突然失踪了,现在我才知道,他是被鹿灵诱惑走的,当时我以为他被白眼狼叼走了。我请求村里人帮我一起追杀白眼狼,救出金枝儿,可是——"

一开始,人们跟着猎神爷上山找狼,可白眼狼太狡猾了,一连好几天,大家连根狼毛也找不到。后来人们累了倦了,因为金枝儿的失踪,他们借口说要牢牢管住自家孩子,跟着猎神爷打猎的人越来越少,后来只有猎神爷独自上山了。

狼神的礼物

有一天，猎神爷背着猎枪再次上山寻狼。在一处山坳里，他发现白眼狼蹲在不远处的树丛中，兴奋不已，举起枪对准狼的后背。即将开枪的一瞬间，狼忽然变成了鹿。他呆住了，连忙擦擦眼睛，真是鹿。他的脑海中顿时浮现出不久前惨死在他枪下的那头母鹿，他的手颤抖了，松开了扳机。他眼前一阵恍惚，鹿又变成了狼。他再次举起枪，可枪口下的狼又变成了鹿……就这样，他无法看清枪口下的猎物到底是狼还是鹿，所以迟迟开不了枪。

猎神爷想上前看个仔细，可奇怪的是，身体像被施了魔法似的，脚重得像树扎了根，整个人都动不了。他只能眼睁睁地看着这东西离开。

那天晚上他做了个梦，他在一片迷雾森林里迷路了，不管走得多远，最后还是回到原地，像遭了鬼打墙一样。

一个神秘的声音穿透迷雾："杀掉白眼狼，灾难就会降临花冠村。"

猎神爷大声责问:"白眼狼这么可恶,杀掉它还能有什么灾难?"

那个声音说:"白眼狼是花冠村的救星。"

猎神爷气愤地骂道:"胡说八道,它要是花冠村的救星,我猎神爷给它叩三个响头。"

那个声音说:"白眼狼将来能够拯救花冠村,拯救花冠村,拯救……"声音渐渐远去,消失了。

猎神爷惊醒了，原来是一场梦。但是，窗口真有一团迷雾，慢慢地飘散了。梦中的一切他都记得清清楚楚，就好像刚刚发生在眼前。

他拍着窗户，冲着那团迷雾愤怒地喊："我不信，我偏偏不信邪！我一定会杀了这可恶的狼，为我的金枝儿报仇。畜牲，你等着吧！"

几个村里人经过他家门口，看见猎神爷正冲着天空咆哮着。大家纷纷议论：金枝儿丢失了，猎神爷神志不清了。

从那以后，猎神爷就成了花冠村的怪人，他索性怪到底，搬到离花冠村很远的地方住，谁都不理，每天把枪擦得锃锃亮，好像有很多很多仇等着他去报。

他嘴上说不信邪，发誓要杀掉白眼狼为金枝儿报仇，可心里埋下了这个疙瘩。疙瘩越来越大，越来越重，以至于他无法提起枪为金枝儿报仇。

如果白眼狼将来真的能拯救花冠村，他杀了它，岂不成了千古罪人？

可这个听起来奇怪荒唐的理由，说给谁听谁都不会相信，他们只会认为他得老年痴呆了。猎神爷只能强咽下复仇的冲动，咽下思念与悲痛，摆出一副油盐不进的样子，声称要让白眼狼吃掉全村人。其实，这只是一句泄愤话，有谁知道他无人可诉的悲伤呢？

李杏儿和楝树儿听到这里，已是泪流满面了。原来猎神爷为了花冠村，忍痛放过了白眼狼。现在看来，一切都照着猎神爷听见的神秘声音的指引进行着。

如果说白眼狼真是花冠村的救星，那么花冠村将会遭到什么样的灾难呢？

李杏儿急切地把这个疑惑问出来，猎神爷沉思了好一会儿，摇摇头，他也无法想象花冠村会遭遇什么灾难。他说："是福不是祸，是祸躲不过。只要我们团结一心，没有战胜不了的困难。"

李杏儿说："我和楝树儿曾经遇到过很多奇奇怪怪的事情，最后我们都能把问题解决掉，这次我们也一定能共同战胜困难。"

狼神的礼物

楝树儿说:"对对,我们有很多了不起的朋友,比如山妖啊——"他刚说出口就捂住了嘴,因为他俩答应过精怪朋友们,不透露他们的秘密。

猎神爷笑了,没有追问。他现在愿意相信,在这个世界上,除了人,还有非人类的存在,他们是为了平衡这个世界而存在的。人类应该和他们和平相处。

# 安息的鹿灵

在大家焦急的等待中,白眼狼回来了,人鹿却没有跟它一起回来。

猎神爷冲到白眼狼面前,几乎是吼问:"金枝儿呢?金枝儿呢?他在哪儿?"

白眼狼抬头凝视远方。大家顺着它的目光望去,那是花冠村的方向。它的眼神变得越来越阴郁,眼里简直像凝聚着一堆乌云。

李杏儿忽然想到猎神爷的梦,如果说白眼狼真是花冠村的救星,那么花冠村将会遭遇到什么样的灾难呢?她浑身一激灵。

李杏儿还没把自己想的说出口，白眼狼就朝着花冠村的方向蹿去。

猎神爷喊："白眼狼，你给我回来，快把我的金枝儿还给我！"

李杏儿说："白眼狼去了花冠村，花冠村一定有危险了。"

她拉着楝树儿就跑，楝树儿跑了几步摔倒了，他身上的伤还没痊愈。猎神爷上前背起他，南瓜率先蹿上前，三人一狗朝花冠村跑去。

楝树儿伏在猎神爷的背上，哭唧唧地问："花冠村会有什么危险啊？着火了还是遭山洪了？我爷爷可怎么办啊？"

猎神爷粗声粗气地说："哭啥哭？村里这么多人，能不管你爷爷吗？我顶讨厌男人哭了。"

楝树儿吸着鼻子说："可是，可是您刚才不也哭了——哎哟！"他的屁股被猎神爷拍了一巴掌。

猎神爷说："我这是被气的。别学我，花冠村以后

要靠你们,整个大山都要指望你们。"

李杏儿说:"猎神爷,那边有条近路,我们绕那边。"她指了一条羊肠山道。

猎神爷说:"我在山上待了六七十年,大山的里里外外也算摸透了,想不到你们连大山的骨头都摸得清清楚楚,不靠你们还能靠谁呢?快走吧,孩子们。"

三人一狗加快步子朝那条山道跑去。

白眼狼嗅出了一股无以名状的危险气息,这个气息告诉它,人鹿和小鹿此刻正往花冠村奔去。

它们为什么去花冠村?它们会给花冠村带去什么?白眼狼心里十分清楚。或者说,它很清楚鹿灵要做什么。人鹿什么都不懂,它吃了睡,睡了吃,单纯得像湖里的一滴水,像天空中的一朵云。它不能被充满怨恨的鹿灵霸占了,必须把它拯救出来。拯救人鹿,就是拯救金枝儿,拯救花冠村。如果说这是一种赎罪,那就赎吧,哪怕付出再大的代价。

狼神的礼物

白眼狼沿着小鹿和人鹿奔跑过的路线奔向花冠村,它飞奔的速度是惊人的。如果说小鹿奔跑的速度迅如箭矢,那它的速度则快如闪电。在离花冠村最近的一座山上,它追上了小鹿和人鹿。

它们跑累了,在山脚下歇息。

白眼狼像一座小山从天而降,突然出现在它们面前,把趴在地上的人鹿吓得跳了起来。

白眼狼盯着小鹿,小鹿盯着白眼狼,彼此默不作声。

一直以来,在狼族里,小鹿和人鹿是两个独特的存在。白眼狼从没对它们温言软语过,这是它的天性,它对待狼族里最幼小的狼也是这样,从来都是又冷又硬的。

但是,白眼狼会带这两头鹿悄悄去一处水草丰美、小动物出没的隐秘角落,给它们开小灶,让它们美美地饱食一顿。

狼族里的狼做错事,白眼狼会严厉地惩罚它们,最

严重的甚至会处死它们。如果犯错的是这两头鹿,那就不一样了。白眼狼会把它们赶到山洞里,堆上好吃好喝的,让它们吃饱喝足后,反思自己的错处。

白眼狼就是这样陪伴在它们身边的。

人鹿不会去思考这些细微之处,它吃饱喝足后,只会望着天空发呆,恍惚中它听见有一个声音从很遥远的地方传来:"金枝儿,金枝儿,金枝儿……"

金枝儿是谁?谁是金枝儿?为什么总有声音在呼喊他?人鹿好奇地问小鹿金枝儿是谁,小鹿冷冷地让它少管闲事。

小鹿身体里的鹿灵越发强大,一会儿指使它这么做,一会儿指使它那么做。所以它现在总是忧虑而阴郁,几乎成了一个徒有鹿身而没有鹿的善良天性的怪物。

现在白眼狼和小鹿对峙着,狼的眼神里流露出阻止的意思。

小鹿说:"我要下山。"

狼神的礼物

白眼狼说："你不能下山，你下山会害人。"

小鹿冷笑着说："你以为你是救世主吗？你吃过人类，吃过人类养的鸡鸭兔羊，把人类的婴儿变成狼孩，你犯下的罪孽太多太多了。"

白眼狼平静地说："没错，我曾经罪孽滔天，但是我现在不想再错下去了，你也不应该。"

小鹿尖叫："你失去过母亲吗？你的母亲是被人类一枪打死，而你也险些跟着一起死去吗？千百年来，狼偷食人类的家禽，可鹿却从没做过什么，为什么也会遭到人类的毒手？我恨人类。"

白眼狼沉默了好一会儿说："我也会老去，有一天不再是狼王，但只要我在位一天，我就不会再主动攻击人类。我明白你的仇恨与痛苦，可通过伤害无辜的生命去报仇，只会让你更痛苦。忘记一切，重新开始吧。"

小鹿尖叫道："我做不到，我做不到——"

白眼狼急切地说："我帮你，相信我，我一定能帮助你——"

花冠村的秘密

人鹿转着脖子，一会儿看看这个，一会儿看看那个，它不明白它最亲近的两个小伙伴怎么会像两条蛇一样互相吐着芯子，冲对方怒气冲冲地说着憎恨的语言、做出厌恶的表情。它的思维太简单，根本想不了那么复杂的事。

这时，潜藏在小鹿身体里的鹿灵在呐喊："快去，快下山去，报仇啊！"

这声音像一把锤子，狠狠地敲打着小鹿的身体，疼得它浑身抽搐。

小鹿朝白眼狼走近一步。它知道，如果光凭力气和利齿肯定对付不了狼，它必须置之死地而后生。它温顺地说："好，我跟你回去。"

白眼狼愣了愣，它没想到小鹿改变得这么快。既然它愿意改，那就好。它率先转身朝山上走去。

小鹿就假意温顺地跟在后面，实则瞅准时机，当白眼狼靠近高高的悬崖边缘时，它猛地扬起蹄子，狠狠一踢，白眼狼猝不及防地滚下去了。

小鹿对发愣的人鹿叫喊:"快,跟我下山。"

人鹿结结巴巴:"你怎么把它踢下去了?"

小鹿凶狠地问:"你也想试试吗?"它威胁地扬起蹄子。

人鹿赶紧说:"我跟你去,跟你去。"

小鹿和人鹿迅速朝山下奔去,它们离花冠村越来越近了。

李辣椒自打从山上滚下来后,一直吊着胳膊,躲在家里。

他忽然变得沉默了,一张嘴除了吃饭,啥也不干。他老婆问事儿,他要么点头要么摇头,要么从喉咙底发出哼哼唧唧的声音。他老婆气坏了,不再理他。

李辣椒一天里做得最多的事,是躲在屋里,对着一面镜子仔细地看自己。他越看越不认识自己,他怎么会变得这么面目狰狞,眼神里满是算计?李辣椒的精神一恍,镜子里的面孔慢慢地变成了狼的脸,他吓了一跳,

晃晃脑袋,狼脸又变成了鹿脸。他狠狠掐了自己一把,鹿脸终于又变成了他自己的脸。

李辣椒惊魂稍定,抱着镜子死死盯着,眼睛都不敢眨一下。看了很久,他的脸没有变。他长长地嘘了口气,忍不住感到后怕:如果真的长了一张狼脸或鹿脸,他会不会被当成猎物追着打……

突然,村子外传来惊恐的喊叫声:"快来人啊,快来人啊,有怪物,救命啊——"

猎人的天性让李辣椒一把抓起靠墙的猎枪,冲到屋外。

李辣椒的老婆瞪他:"你想干啥?你连一只鸡都打不着,还想再去打猎?"

李辣椒把抓在手里的枪放下来,低声说:"我去看看。"

李辣椒的老婆说:"快把大门关上,都说是怪物,你想去送死啊!"

李辣椒乖乖地走到门口,关上大门。可是他不甘

心，开了条门缝，踮着脚从门缝里向外瞅，看外面到底发生了什么情况。

小鹿和人鹿出现在花冠村村口。

小鹿不会让人害怕，让人害怕的是人鹿。人鹿长的是传说中被狼叼走的金枝儿的脸，身体却是鹿的，人头鹿身，似人非人，似鹿非鹿，这是遭了什么邪啊？太怪异太可怕了！

有人跑到猎神爷家，想求他出来见见他的孙子金枝儿，可拍了半天门才发现猎神爷根本不在家。难道他知道花冠村要遭难，故意躲起来了？人们越发觉得猜疑是对的，越发惊恐万状。

人鹿看着花冠村，恍恍惚惚看见一个小男孩在村子里奔跑，在山上爬树摘野果，在小溪里捉鱼虾……它还看到一个个人张着嘴惊恐地喊着它听不懂的声音，他们的面孔既熟悉又陌生，离它很近又很远……

小鹿靠近人鹿，招呼它过来。人鹿听话地走近它。

小鹿贴着人鹿的肩头说："金枝儿，我们回家吧。"

人鹿说:"你说什么,金枝儿是谁?"

小鹿突然张开嘴,狠狠地咬住人鹿的肩头,撕下一块肉来。鲜血顿时从人鹿的肩头涌出,像一股细泉汩汩地淌出来。

人鹿愣住,因惊吓过头而忘了疼痛。它不明白小鹿为什么突然对它这么做。小鹿又狠狠踢了它一脚,命令它朝花冠村跑去,不然就把它踹下山崖。

人鹿赶紧朝花冠村跑去,一路上,鲜血直流,渗入花冠村的土地。鹿血沾染过的土地迅速发黑,草木枯萎,鲜花凋零。这是沾染了鹿灵幽怨仇恨的血,它诅咒过的一切生物都不得善终,连最无辜的花草也不能幸免。

花冠村的人们一动不动地站在村口空地上,看着人脸鹿身的怪物向他们奔来,越来越近。由于太过惊骇,他们都没看清那张面孔。

一片乌云从天而降,人群中发出了更大的惊叫。从天而降的不是乌云,而是白眼狼。它稳稳地落在村口的老柿子树前,虎视眈眈地瞪着飞奔而来的人鹿。

人头鹿身的怪物已经够让人们惊恐了,再加上恶名昭著的白眼狼的突然出现,人群中已有人吓昏过去了。除了呆立在小广场的人,其他人纷纷跑回家关上大门,胆大的也只敢从门缝里偷瞧。

人鹿看见白眼狼怒视着自己,便停下脚步,抖着流血的肩,呜呜叫着。它扭头朝山上看去,却没有发现小鹿的身影。它想说自己是被小鹿赶下山的,可却没法开口解释这件事。

幽怨的鹿灵在人鹿的体内奔窜,它全身火辣辣地发烫,想吼叫,想咬人,想破坏一场……人鹿的眼睛发红,它几近疯狂。人类一旦被它咬伤,就会变成跟它一样人脸鹿身的怪物。

白眼狼毫不犹豫地伸出利爪,死死摁住人鹿,并龇出雪白的利齿,对人鹿凶狠地嚎叫。

"鹿灵,别再执迷不悟了,请你相信我,我会让大家和谐相处的。"白眼狼凶狠的嚎叫里夹杂着对鹿灵的劝慰。

鹿灵冷哼一声，它是不相信的，它不相信吃肉的会变成吃素的，它也不相信这个世界会变得和谐。

白眼狼一声接一声嚎叫，不断警告道："我可以做到，小鹿和狼群的相处就是最好的例子。但是，如果你今天杀了花冠村的人，将来他们也会找小鹿报仇的！"

鹿灵愣了一下，随后又晃晃脑袋，让自己清醒过来：它等了这么久就是为了这一刻，它必须要报仇雪恨！

这时候，李杏儿、楝树儿、猎神爷和南瓜也赶到了。

猎神爷看见金枝儿被摁倒在地，浑身是血，悲痛难抑，想冲上前救他。

李杏儿拉住他大喊："猎神爷，冷静，人鹿现在还不是金枝儿，它已经疯了，您不能碰它。"

猎神爷吼道："他是金枝儿，我的亲孙子，他快被白眼狼咬死了，我要救他。"

楝树儿也紧紧拉着他不放："猎神爷，金枝儿还没变回来，白眼狼会救它的。"

人群中有人听到人脸鹿身的怪物竟然是金枝儿,当场吓昏过去。

慌乱的人群中,有个人举着枪,哆哆嗦嗦地走近。此时,白眼狼摁着疯狂的人鹿,李杏儿和楝树儿拉着暴怒的猎神爷,南瓜在旁边着急地蹿来蹿去。

李辣椒举枪的手不停地在抖,他一会儿瞄准这个,一会儿瞄准那个,不知对付哪个为好。

李杏儿喊:"李辣椒!不许开枪!不能打白眼狼,也不能打人鹿,谁都不能打!"

李辣椒说:"小姑,那,那,那我咋办啊?"

李杏儿说:"你帮白眼狼。"

李辣椒瞪直了眼珠子:"啊?!"

李杏儿急得直跺脚:"快去啊!"

李辣椒浑身哆嗦地走到白眼狼和人鹿面前,手脚都僵硬了,脸色白得像张纸。

白眼狼示意他帮忙摁住人鹿,这样它才可以抽出身。

李辣椒摁住人鹿的四蹄,人鹿的蹄子乱踢,狠狠一下踢在李辣椒脸上,李辣椒的半边面颊顿时肿起,疼得他松开手捂住脸大叫。白眼狼又赶紧摁住人鹿。

李辣椒的老婆赶来,看见这场面,大喊救命,可围观的人们动都不敢动。

这时候,有人把九公公扶来了。九公公拨开人群,看见因被拦住而暴怒的猎神爷,咳嗽了一声。猎神爷从暴怒中惊醒过来。

九公公说:"小豆子,你闹得差不多了吧?五年前,是大家伙儿对不住你,没帮你找金枝儿。现在金枝儿回来了,身上带着邪性,这事总得有个收场吧。"

李杏儿和楝树儿这才知道,猎神爷的小名叫小豆子,也只有九公公才能这么叫他。猎神爷朝人鹿看去,老泪淌了下来,停止了愤怒的抗争。

李辣椒又扑上前,摁住人鹿的蹄子大喊:"我李辣椒不是没用的种!我李辣椒也是一把好手!我李辣椒也能为民除害——"

人鹿突然转头,在李辣椒的手背上狠狠咬了一口。李辣椒还没喊痛,他的手就开始变了,长出了鹿毛,手指变成了鹿的蹄子。

人们惊恐地尖叫,纷纷向后退去。李辣椒的老婆哭晕在地。

李杏儿和楝树儿尽管吓得汗毛倒竖,还是勇敢地扑上前去。南瓜抓住了人鹿的尾巴。猎神爷则牢牢抱住了人鹿的脑袋,人鹿睁着大眼睛看着他,依稀觉得他亲切又熟悉。一滴泪水从猎神爷的眼眶里落下来,正好落在人鹿的眼眶里。

人鹿血红的眼珠子开始黯淡下去,眼神里的凶煞之气也在一点点融化。

可同时,李辣椒的手脚在迅速地变成鹿的四蹄。

李杏儿让白眼狼快点儿想办法。

白眼狼深深吸了口气,将身体里修炼了整整三百年的功力融成一团淡蓝色的氤氲之气,朝人鹿徐徐吹去。它其实也很忐忑,不知道三百年的修为能不能抵御得了

狼神的礼物

幽怨的鹿灵。但它只能背水一战,花冠村的生死存亡全系于此了。

淡蓝色的氤氲之气散发出淡淡的香味,飘散在四周。人鹿闻到这香味,像被催眠了似的,慢慢地合上了眼睛,不再挣扎,不再抗拒,睡过去了。

人们一时愣住了,这算什么?是白眼狼拯救了花冠村吗?

猎神爷见人鹿一动不动,一时性急,抓住白眼狼吼道:"怎么回事?它昏过去了?你到底是在救它还是在害它?"

白眼狼像是虚脱了,它摇摇晃晃站起身,又跌倒在地,已经没有力气说话了。

李杏儿喊:"猎神爷,您快看。"

大家的目光落在人鹿身上,只见人鹿的四蹄慢慢地变成了人类的脚,鹿身渐渐消失,人身渐渐成形。

李辣椒咧开嘴笑了:"幸好幸好,还好我摁住了它的脚,要不然的话——"李辣椒突然发现他自己也渐渐

褪去了身上的鹿形。

这一次,大家既没有反驳他,也没有嘲笑他。

李辣椒又说:"当然,人心齐,泰山移,这都是大家伙儿的功劳。"

人鹿消失了,金枝儿从地上坐起身,揉着眼睛,茫然不解地看着大家。猎神爷一把抱住他号啕大哭,不停地喊着孙子的名字。人们纷纷抹泪。

九公公紧紧拉住楝树儿的手,楝树儿能感觉到爷爷的手在剧烈地颤抖。

金枝儿打着呵欠,疑惑地问:"爷爷,你们怎么了?为什么哭啊?"

猎神爷问:"金枝儿,宝贝儿,你身体有没有不舒服?知道有谁欺侮过你吗?"

金枝儿说:"我好像,好像做了个梦,一个长长的长长的梦。梦里,我变成了小鹿,还吃草呢,嘻嘻。"

猎神爷抱住他,再次放声大哭。

李杏儿擦着泪水,扭头一看,白眼狼不见了。它拖

着虚弱的身体,能去哪儿呢?李杏儿连忙告诉猎神爷。

猎神爷现在已经彻底明白,梦里那个神秘的声音说白眼狼能拯救花冠村是真的。他为没有打死白眼狼而庆幸不已,也为那样粗暴地对待白眼狼而自责不已。

猎神爷眉头一皱,想了想说:"大家跟我去一个地方,白眼狼准在那儿。"

大家跟着猎神爷朝山上走去,只有李辣椒畏畏缩缩,不知道该不该走。猎神爷一挥手,让李辣椒跟着一块儿去。李辣椒得意扬扬地昂起脖子,率先朝山上走去。

在猎神爷安葬母鹿的坟前,人们果然发现白眼狼和小鹿在一起。

小鹿伏在鹿坟前,发出了悲伤的鸣叫。大家被这叫声弄得再一次掉泪了。南瓜轻轻地拍着小鹿的身体来安慰它。

白眼狼趴在小鹿旁边,静静地看着它哭泣。

李杏儿、楝树儿把采来的野花放在母鹿坟前。白眼狼朝他们点点头,又朝小鹿轻轻吹了口气。淡蓝色的氤氲之气再次飘散,笼罩住小鹿。小鹿又像被催眠了似的,趴在鹿坟前闭上了眼。

片刻,从小鹿身上飘出一缕黑色的烟,钻进鹿坟。鹿灵终于明白了:冤冤相报何时了,如果自己真报了仇,那么又会有人找小鹿报仇,仇恨会一直延续下去,无法断绝。只有所有的生物都和谐相处,世界才会变得美好。

猎神爷轻声说:"母鹿入土为安了。"

小鹿摇摇晃晃地站起身,睁开眼。此时此刻,它的眼睛又清又亮,像其他的鹿那样纯真无邪。它看见白眼狼,不由自主地颤抖了一下。

李辣椒说:"喂,白眼狼,你可不能欺侮小鹿。你要欺侮它,我李辣椒第一个不会放过你,听见了吗?"

金枝儿抱住小鹿的脖子,在它的耳边轻声呢喃,好像在给它讲述一个漫长而曲折的故事,又好像在唱歌谣给它听。

听着听着,小鹿安静下来,眼里不再有惊惧。它一步一步走近白眼狼。白眼狼的眼神,不再像往日那样又冷又硬,而是充满了从未有过的温柔。两个不同的物种,因为经历了共同的苦难而变得心灵相通。

李杏儿说白眼狼和小鹿要回家了,她拉起楝树儿的手,楝树儿拉起金枝儿的手。金枝儿又拉起猎神爷的手,说:"爷爷,我们回家吧!"

猎神爷却站在原地一动不动,一直久久地看着鹿坟,好一会儿,他才抚了抚金枝儿的头,说:"金枝儿,爷爷想在这里搭个窝棚,从今往后,就一直守护着母鹿,守护着大山和森林。还有,我们把虎豹也埋在这里吧。"

金枝儿惊讶地问:"虎豹怎么了?我怎么没看到它?"

李杏儿说:"金枝儿,你别急,爷爷有空了会给你讲虎豹的故事。"

金枝儿拍着手说:"好啊好啊,我好喜欢这个地方,我以前好像来过这儿。"

李辣椒对猎神爷巴结地说:"猎神爷,我帮您,我搭窝棚可是把好手。"

猎神爷不吭声。

李辣椒对李杏儿说:"小姑,你帮我说说。"

李杏儿说:"你变勇敢了,也成好人了,猎神爷肯定会让你帮忙的。"

李辣椒顿时乐开了花。

白眼狼吻了吻小鹿的额头,朝大家深深地望了一眼后走上山去。它走得有些晃。它的身体一下子瘦了很多,好似皮包骨头。

小鹿走到鹿坟前跪了下去,脑袋抵在泥土上,呜咽了一会儿,抬起头,深情的目光扫过众人,跟着白眼狼朝山上奔去。

猎神爷忽然大喊:"等等!"

大家停下脚步,白眼狼和小鹿也停下来。猎神爷走到白眼狼的面前,凝视了它一会儿,扑通一声跪下去,重重地叩了三个头。大家都呆住了。

李杏儿惊叫:"猎神爷,您怎么——"

猎神爷说:"我曾经说过,白眼狼要真是花冠村的救星,我猎神爷给它叩三个响头。现在,它做到了,我也必须做到。"

白眼狼仰天长嚎,仿佛是对猎神爷的回应。

然后它们再次往山上走去,在山顶停下,齐齐回头,朝大家点点头,然后彻底地消失了。

狼神的礼物

金枝儿突然也跟上去,楝树儿连忙跑上前拉住他。

金枝儿呜咽地问:"它们走了,它们还能回来吗?"

楝树儿说:"它们会回来的,至少,我们还能梦见它们。"

金枝儿点点头:"对,我一定能梦见它们。"

李杏儿、楝树儿、金枝儿和南瓜久久地望着白眼狼和小鹿消失的山顶。

猎神爷说:"孩子们,走吧,我得回家拿锯子,明天咱们一起搭窝棚吧。"

李辣椒说:"对对对,人多力量大,大家伙儿一起动手,多有趣多好玩啊!"

走着走着,金枝儿忽然指着一个方向咿咿呀呀起来。大家以为他又撞邪了,吓了一跳,回头一看,是李杏儿的妈妈正朝他们走来,喊着:"杏儿,杏儿,都两三天了,你去哪儿了?还不赶紧回家!"

李杏儿赶紧躲到猎神爷身后,李辣椒上前拦住杏儿妈妈:"姑奶奶,您别骂杏儿。她没做错事,也没闯祸,

都是我们不好——"

杏儿妈妈说:"我啥时候说要骂她了?"她扬了扬手里的东西。

李杏儿一看,一套《花冠村的秘密》,一共四本,精美漂亮极了!她高兴地搂住妈妈的脖子,狠狠亲了两口。

李杏儿、楝树儿和金枝儿当即一人捧着一本书,坐在树下看起来。南瓜也分了一本,它好奇地趴在书上,发现书里画着一只狗,长得跟自己一模一样,高兴得汪汪直叫。

楝树儿和金枝儿的惊叫声此起彼伏:"书里有个小孩叫李杏儿……还有楝树儿……还有金枝儿……他们的事儿怎么也跟我们一样啊……"

只有李杏儿默默地笑了,好像她早知道自己有一天会带着梦想走进书里。

远方传来了狼嚎,声音粗犷沉着,就像远古传来的音乐。接着,一阵清脆的鹿鸣声传来,仿佛是狼嚎的伴奏。两个声音此起彼伏，互相呼应，在青青大山和郁郁森林之间久久回荡。

三个孩子绽开笑容，在漫山的霞光里，快活极了。

很长的时间里，大家都没有白眼狼的消息，直到有一天，李杏儿去猎神爷的窝棚找金枝儿玩耍，忽然听到了一声狼嚎。声音响彻森林，浑厚而有力量。他们循声而去，南瓜冲在最前面。果然，在最高的一块岩石上面，白眼狼正威风凛凛地站在那儿。

李杏儿笑了，在她柔软的目光里，浮现出一个白眼狼统治下的动物王国。这个王国十分和谐，所有动物不分彼此，它们一同玩耍，一同奔跑在阳光下。